ZONE DE DANGER

ELITE -1-

www.editionsbookmark.com

Ella Frank & Brooke Blaine

ZONE DE DANGER

ELITE -1-

Traduit de l'anglais par
LAURE BIZARD

MxM
BOOKMARK

MxM Bookmark est un label appartenant aux éditions Bookmark.

Ceci est une œuvre de fiction. Les noms, les personnages, les lieux et les faits décrits ne sont que le produit de l'imagination de l'auteur, ou utilisés de façon fictive. Toute ressemblance avec des personnes ayant réellement existé, vivantes ou décédées, des établissements commerciaux, des événements ou des lieux ne serait que le fruit d'une coïncidence.

Titre VO : *Danger Zone*

Traduction © Laure Bizard
Suivi éditorial © Julie Nicey
Correction © Emmanuelle Lefray
Maquette © Gabe Reyes
Illustration de la couverture © Deranged Doctor Designs

ISBN: 9791038118959
Existe en format numérique

www.editionsbookmark.com

INFORMATIONS CLASSIFIÉES

NOMS DE CODE

Lieutenant Grant «Panther» Hughes
Furtif, arrogant et féroce dans les airs. Ce nom lui a aussi été donné à cause de ses cheveux noir de jais.

Lieutenant Mateo «Solo» Morgan
Tout comme Han Solo, il est téméraire, mais a tendance à ne penser qu'à lui.

Lieutenant Pete «Gucci» Carter
A reçu son nom de code après avoir trop bu la veille de son premier jour de formation d'officier et vomi dans le sac à main Gucci d'une femme.

Lieutenant Billy «Houdini» Wasowski
Peut entrer n'importe où et se sortir de n'importe quoi : des ennuis, du lit des femmes, d'une situation difficile dans le ciel…

Lieutenant Tia «Whiplash[1]» Castaneda
Nom de code donné par ses camarades après que plusieurs d'entre eux ont été victimes du coup du lapin en se retournant sur son passage.

1 Whiplash : coup du lapin

Lieutenant Paul «Utah» Weinberger

A fait vivre un enfer à tout le monde pendant la formation d'officier.

U.T.A.H. = UpTight AssHole[2]

Lieutenant Abcde «Alphabet» Szabelska

Le premier jour de formation, personne ne pouvait prononcer son nom. Tout le monde a donc commencé à l'appeler «Alphabet». C'est resté.

Lieutenant Darrel «Phantom» Anderson

A tendance à disparaître quand on a besoin de lui.

Commandant Victor «Midnight» Levy

A été retrouvé ivre mort sur une plage avec une strip-teaseuse appelée Midnight. Aujourd'hui encore, il continue à nier.

Commandant Pamela «Ketchup» Heinz

Se rendre en formation avec un nom comme Heinz, c'était tendre le bâton pour se faire battre.

Capitaine Franklin «Razor» Hughes

Connu pour ses virages serrés et ses manœuvres «sur le fil du rasoir» en entraînement de combat.

---

2 Se dit de quelqu'un de trop sérieux, coincé.

Chapitre 1

Grant Hughes

C'était une de ces chaudes nuits d'été. De celles qu'il valait mieux passer allongé sur la plage, une bière fraîche à la main, à fixer les avions de chasse voler, le vrombissement de leur moteur ébranlant le ciel. C'était là que j'aurais dû être. C'était la décision la plus sage, le choix évident entre me montrer responsable et l'endroit où je me rendais à cet instant.

Et puis merde ! J'allais devoir adopter un comportement exemplaire pour les dix prochaines semaines. Si j'avais besoin d'une nuit de repos pour surmonter ça, alors j'allais la prendre.

Une goutte de sueur descendit le long de mon cou à cause de la chaleur étouffante sous mon casque alors que j'attendais que le feu change de couleur. Le soleil se couchait derrière moi, laissant dans le ciel un dégradé de violets et de bleus. Quand le feu passa au vert, je fis ronfler le moteur et partis en direction de l'obscurité.

Quelques minutes plus tard, je guidais en douceur ma Ducati 848 sur le parking d'un bar sans nom – bon sang, c'était vraiment glauque – et coupais le moteur. Sans hésitation, je descendis de ma moto, enlevai mon casque et l'attachai à l'arrière du siège. Je me débarrassai ensuite de ma veste en cuir, soulagé quand une bourrasque tiède rafraîchit ma peau nue et sécha la sueur sur mon front. Alors que la musique jouée à l'intérieur s'échappait de la porte d'entrée s'ouvrant et se refermant, un doux ronronnement d'anticipation m'emplit les tripes.

Je pénétrai dans l'établissement, mes yeux s'ajustant à la faible luminosité de la pièce. Ça ressemblait à n'importe quel bar qu'on pouvait trouver aux États-Unis : des banquettes de vinyle craquelé dispersées contre les murs, un vieux jukebox près du zinc bien garni, des téléviseurs qui diffusaient un tas de choses que personne ne regardait. Pour un dimanche, ce n'était pas trop blindé, mais ça importait peu sachant que j'étais ici pour un coup sûr. Un nouveau tour d'horizon de la salle m'apprit qu'il n'était pas encore arrivé. Je me dirigeai donc vers le bar, conscient des regards scrutateurs.

— Je vais prendre une Heineken, informai-je le barman.

Je m'accoudai au bar avant d'y déposer ma veste. M'asseoir serait vu comme une invitation et ma soirée était déjà prévue.

Quand le barman décapsula la bouteille et la poussa dans ma direction, je pris une longue gorgée de la bière glacée, levant les yeux sur la seule télévision qui ne diffusait pas de sport. La chaîne d'informations locales était à l'antenne avec un reportage sur le spectacle aérien programmé ce week-end-là. Alors que je regardais les avions faire une démonstration de manœuvres, je sentis une paire d'yeux m'observer *moi*.

Je jetai un coup d'œil à la pendule derrière le bar, choisissant d'ignorer celui qui provoquait une vague de chaleur sur ma peau, et maudis silencieusement mon rencard désormais en retard. La dernière chose dont j'avais besoin était de me tenir ici seul, comme si je voulais que quelqu'un m'approche. Ce n'était pas moi. Je n'étais pas du genre à rôder dans les bars à la recherche d'un peu de bon temps. J'étais plus du style à avoir un plan et à le mettre à exécution. Pas de mauvaises surprises de cette façon. Aucune chance que les choses ne m'explosent à la figure.

Avec cette pensée en tête, je continuai de prêter une attention toute particulière à l'avion F/A-18 Hornet effectuant des tonneaux sur l'écran de télévision. Je croyais que je ne me débrouillais pas trop mal en dégageant des ondes « ne pas approcher », mais quelques minutes plus tard, quelqu'un se plaça à mes côtés, envahissant mon espace personnel d'une manière qui indiquait qu'il n'était pas uniquement intéressé par le siège vide à côté de moi.

Bordel, c'était la dernière chose dont j'avais besoin.

— Salut. Cette place est prise ?

Le ton plein d'arrogance de l'homme qui venait à l'instant de me balancer cette approche sans originalité me fit comprendre qu'il ne s'inquiétait pas le moins du monde d'un rejet de ma part. D'ailleurs, avant que je puisse dire quoi que ce soit, je sentis le type se glisser sur le siège voisin, sa température corporelle réchauffant la peau nue de mon bras.

Je serrai les dents et me tournai doucement vers mon nouveau compagnon. Alors que je me préparais à lui offrir mon discours « merci, mais non merci », mes mots se coincèrent au fond de ma gorge.

Installés comme nous l'étions, je me retrouvai à regarder des yeux de la couleur d'un whisky suave et onéreux, bordés de cils si épais qu'il paraissait y avoir appliqué un trait de khôl. Ses cheveux étaient rasés court et bruns, sa peau bronzée comme un genre de dieu du soleil. Tandis que je restais là telle une statue, un sourire d'un blanc éclatant naquit sur ses lèvres pulpeuses.

Bon sang, ce mec était l'un des plus beaux hommes que j'avais vus de ma vie. Le problème était qu'il le savait.

— Je vais prendre ça pour un non.

Ces yeux stupéfiants balayèrent effrontément mon corps, de mon tee-shirt noir à mon jean. Quand ils revinrent finalement sur mon visage, il me lança un clin d'œil.

— Une chance pour moi.

Arrogant, audacieux et insolent. Ce type qui me dévisageait représentait tout ce que j'évitais quand je cherchais un rapide coup d'un soir. J'avais besoin de quelqu'un de fiable, digne de confiance et discret.

Détournant le regard, je pris une autre gorgée de bière.

— Assieds-toi où tu veux.

— Ah. Je vois.

Comme il n'ajoutait rien, je mordis à l'hameçon.

— Tu vois quoi ?

Du coin de l'œil, j'aperçus le mec hausser les épaules, ce demi-sourire arrogant toujours sur son visage.

— Deux hypothèses. Soit ton truc, c'est de te faire désirer, soit…

Bien que mon instinct me dicte de ne pas engager la conversation, je regardai dans sa direction. Quand ses yeux se verrouillèrent aux miens, je réalisai mon erreur.

— Soit ?

— Soit tu es l'agresseur.

— Le quoi ?

— Le type qui prend ce qu'il veut, et pas celui qui se fait courtiser.

Je grognai et recommençai à faire semblant de regarder les informations, mais le mec se pencha, envahissant de nouveau mon espace personnel.

— Alors ? Quelle est la bonne hypothèse ?

— Peut-être aucune des deux.

— Ou peut-être que tu mens, poursuivit-il avant de baisser la voix. Tu veux que je retourne à l'autre bout du bar ?

Je ne pus retenir le ricanement qui s'échappa de ma gorge. Quand bien même l'attention n'était pas désirée, l'insistance du type aurait presque pu me faire céder. Si je n'attendais pas quelqu'un, j'aurais même pu le trouver charmant.

— Une autre, demandai-je au barman, en levant ma bouteille vide.

Je regardai ensuite de nouveau par-dessus mon épaule, à la recherche de l'homme pour lequel j'étais ici. Comme il n'était toujours pas arrivé, je me tournai de façon à faire face nonchalamment au mec qui quémandait pratiquement mon attention.

Cette fois, je laissai mon regard errer sur lui, admirant au passage la façon dont son jean sombre le moulait et dont il portait son tee-shirt vert olive presque comme une seconde peau sur sa carrure musclée. Son physique était dévastateur dans le genre «je vais te briser le cœur mais tu vas en adorer chaque seconde» et ma queue ne pouvait que le remarquer.

— Oh, je t'en prie, ne te gêne pas. Est-ce que tu veux que je me mette debout ?

Il fit mine de se lever, mais je tendis la main, poussant contre son torse pour qu'il reste là où il se trouvait. Son corps sous mes doigts n'était composé que de muscles fermes. Je me léchai les lèvres avant de pouvoir m'en empêcher. Putain, il était vraiment canon.

Quand le barman glissa une autre bière vers moi, je retirai brusquement ma main et attrapai la bouteille.

— Tu ne parles pas beaucoup, hein ?

— Je ne suis pas là pour parler.

— Ah non ?

Il se mit debout cette fois, repoussant le tabouret.

— Ça peut tout à fait me convenir, ajouta-t-il.

Je soupirai, à moitié agacé et à moitié excité. Je savais quelle moitié l'emporterait au final.

— Écoute, j'apprécie l'attention, mais j'ai un truc de prévu et ce n'est pas avec toi.

Le type agrippa sa poitrine comme s'il s'était fait tirer dessus.

— Aïe. C'est brutal.

— Autant ne pas te faire perdre ton temps.

— OK. Alors, où est ton rencard ?

Ma mâchoire se crispa.

— En retard.

— Quelle perte de temps. Je ne te ferais jamais attendre, moi.

Il se pencha, chuchotant presque :

— Je *viendrais* à chaque fois que tu me le demanderais.

Bordel ! Je déglutis, ma queue se rebellant contre mon entêtement à refuser. Ça serait tellement facile de céder. D'attraper l'arrière de sa tête, de le pousser à se mettre à genoux et de le faire taire. Je pouvais sentir ma détermination s'effriter alors que je respirais son parfum enivrant. J'étais à deux secondes de faire fi de toute prudence au moment où je levai les yeux pour voir l'homme que j'attendais entrer dans le bar.

— C'était une proposition alléchante, admis-je tandis que je m'éloignais en souriant. Mais mon rencard vient d'arriver.

Je jetai quelques billets sur le comptoir et saisis ma veste. Avant que je puisse m'en aller, le type attrapa mon bras.

— C'est bien ma veine.

Curieusement, un sourire se dessinait toujours sur ses lèvres, comme si, quelque part, il pensait qu'il pouvait encore m'avoir.

— Au fait, tu ne m'as pas dit ton nom, ajouta-t-il.

— Non, en effet.

Je lui lançai un clin d'œil et, tout en m'éloignant, je l'interpellai par-dessus mon épaule :

— Passe une bonne soirée.

Chapitre 2

Mateo Morgan

Ce type ne convenait pas du tout à M. Charmant. Il était trop… insipide, le genre de mec dont vous saviez qu'il serait le coup le plus ennuyeux de votre vie.

Après avoir descendu le reste de ma bière, j'en commandai une autre en regardant le couple prendre place dans une des banquettes du fond et se lancer dans ce qui ressemblait à une conversation maladroite. Je ne savais pas pourquoi ils se donnaient la peine, alors qu'il était clair qu'il ne s'agissait que d'un plan cul, mais peut-être que l'un des deux hommes, voire les deux, avait besoin d'un peu de courage liquide supplémentaire.

De nouveau, mon regard se promena sur ce grand type canon aux cheveux foncés qui m'avait envoyé balader même si j'avais bien vu qu'il était intéressé. Il avait eu l'air de se sentir obligé de le faire, mais de mon point de vue, il y perdait au change.

Bon sang, qu'est-ce qu'il pouvait bien trouver à ce type ? Pas que ça m'intéressait. J'étais juste sincèrement curieux de savoir comment Charmant allait réussir à bander avec quelqu'un comme ça.

Comme s'il avait senti mon regard sur lui, il leva les yeux. Même depuis l'autre bout de la pièce, il était impossible de ne pas être happé par ces beaux yeux bleus froids et pénétrants. À condition de parvenir à détacher le regard de ce physique bien dessiné qui trahissait des heures passées à perfectionner chaque muscle.

Dommage, son corps ne serait pas utilisé à bon escient ce soir. Pas avec M. Bite Molle là-bas, en tout cas.

Je ricanai en portant la bière fraîche à mes lèvres et Charmant – qui me regardait toujours – se renfrogna. Il plissa les yeux, sourcils froncés. On pouvait y lire une question aussi clairement que s'il l'avait posée à voix haute : *Qu'est-ce qu'il y a de si drôle ?*

S'il ne pouvait pas deviner la réponse par lui-même, ce n'était pas moi qui allais la lui donner.

Adossé au bar, j'appuyai mes coudes derrière moi, ma bière à la main, et penchai la tête sur le côté. Ce gars avait besoin d'un défi, pas de la déception sur pattes qu'il avait devant lui. Mes lèvres s'incurvèrent et j'offris à Charmant mon sourire le plus séducteur, celui qui avait quatre-vingt-quinze pour cent de succès. J'attendis ensuite qu'il réalise son erreur.

Il soutint mon regard un long moment. Juste quand je croyais l'avoir, il secoua la tête, dit quelque chose à Petite Bite et se glissa hors de la banquette. Alors que son « rencard » le suivait, je continuai de les fixer du regard. Il était clair que j'avais provoqué une sorte de réaction chez ce type, mais je n'étais pas sûr de ce que j'avais fait.

Était-il sur le point de laisser tomber l'idiot qui s'était pointé en retard ce soir ? Ou était-il – et ce serait bien ma veine – sur le point de l'emmener à l'arrière du bar et d'essayer de se prouver à lui-même qu'il n'était pas plus intéressé par moi que par le type dont il attrapait désormais la main ?

Quand il enveloppa ses longs doigts autour de ceux de ce crétin, j'imaginai ce que ça ferait s'ils se resserraient autour de ma queue à la place. J'écartai un peu mes jambes, mon jean devenant inconfortablement étroit alors que Charmant les faisait zigzaguer à travers la foule dans ma direction. Je savais qu'il ne venait pas vers moi, mais le fait de pouvoir contempler sa mâchoire carrée et le début de barbe qui la recouvrait fit palpiter ma verge encore plus fort. Bordel, ce que ce serait génial de le sentir entre mes cuisses.

Comme s'il avait lu dans mes pensées, Charmant tourna la tête dans ma direction, ses yeux se verrouillant aux miens comme un missile sur sa cible. Juste avant qu'il ne disparaisse sur le côté du bar, je lui fis un clin d'œil et passai ensuite ma langue sur le dessus de ma bouteille de bière avant d'en boire une gorgée.

Rien à foutre. S'il était sur le point d'aller à l'arrière et de prendre son pied avec un des mecs les plus barbants ayant passé les portes de ce bar, autant qu'il le fasse avec mon image en tête. Parce que, soyons réaliste, nous savions tous les deux quelle langue il aurait aimé goûter – et ce n'était pas celle du type à qui il adressait désormais un sourire faux.

Quand il disparut, je balayai le bar du regard pour voir s'il y avait une autre option possible pour la soirée. Avec la NAFTA[3] qui se profilait à l'horizon, j'étais venu ici ce soir avec la ferme intention de tirer un coup. Dix semaines de dur labeur m'attendaient, ce qui signifiait dix semaines d'abstinence. Toutefois, étant donné que la seule personne qui m'avait plu était désormais en train de baiser quelqu'un de bien moins intéressant que moi, il semblait que mes projets venaient juste de s'effondrer.

Je me retournai pour faire face au bar et fis signe au barman. Je n'avais pas besoin du shot de tequila, mais vu que mes options avaient été soit de m'envoyer en l'air, soit de m'envoyer des verres, le plan B était apparemment de mise. Rien de mieux qu'une gueule de bois fracassante pour faire bonne première impression auprès de mes instructeurs. *Pas qu'ils en attendraient moins de Mateo Morgan,*

---

3 NAFTA : Naval Aviation Fighter Academy (École des chasseurs de l'aéronavale)

pensai-je en levant les yeux au ciel tandis que j'avalais le shot. J'étais plus que conscient que ma réputation me précédait. Le fait que j'avais été accepté dans l'école de pilote de chasse la plus prestigieuse ? Eh bien, ils savaient dans quoi ils mettaient les pieds en me lançant une invitation. Après tout, ma dernière évaluation statuait : *Bien que Mateo Morgan reste un excellent pilote, nous sommes préoccupés par son comportement imprudent, ses manœuvres agressives et son manque de volonté à développer un esprit d'équipe.*

— Esprit d'équipe, marmonnai-je pour moi-même, tendant mon verre pour que le barman me le remplisse de nouveau.

Peut-être que je l'aurais, ce putain d'esprit d'équipe, si les autres se sortaient la tête du cul et apprenaient à piloter un foutu avion.

Je descendis la tequila, sans même en sentir la brûlure cette fois, et me frottai le visage. J'étais venu ici pour ne penser à rien d'autre qu'à ma queue et je refusais de rester assis à m'apitoyer sur mon sort sans autres perspectives. C'était peut-être le seul bar gay des environs, mais de ce que j'en voyais, j'avais plus de chances de brancher un inconnu dans une ruelle. Aller dans un bar près de la base n'était pas très malin, pas vu la façon dont notre petite communauté parlait. Et Dieu savait que j'avais déjà une cible sur le dos.

Je fis signe pour commander un dernier verre. J'étais en train de régler l'addition, prêt à trouver un endroit plus prometteur, quand le plan cul ennuyeux de Charmant quitta le bar – seul.

Hum. Voilà un retournement de situation intéressant…

Fourrant mon portefeuille dans ma poche arrière, je me dirigeai dans la direction où les deux hommes avaient disparu. Ça faisait à peine, quoi ? Cinq minutes ? Incontestablement moins de dix.

Je lâchai un reniflement amusé. *J'en étais sûr !*

Le petit couloir semblait mener à différentes pièces – *comment j'ai pu manquer ça ?* – mais avant d'être obligé de deviner dans laquelle ils étaient allés, Charmant sortit de celle qui était à ma droite.

Un rapide coup d'œil m'apprit que ce qui s'était passé ne devait pas être impressionnant. Ses cheveux étaient toujours en place, son magnifique visage décontracté sans une pointe d'excitation sur ses joues.

— Oooh, tu pars déjà ?

Au son de ma voix, il leva la tête. Ses yeux trouvèrent les miens et je ne fus pas le moins du monde choqué de les voir remplis de frustration et non de désir – satisfait ou non.

— Tu sais, je n'ai rien contre les petits coups rapides, mais là t'as carrément explosé le record. Laisse-moi deviner, il n'a pas réussi à bander ?

Quand une lueur assassine passa dans son regard, mes lèvres tressaillirent. Je n'aimais rien de plus qu'un petit peu de danger pour faire monter l'adrénaline. Ce type semblait avoir le chic pour faire passer mon pouls de zéro à cent en quelques secondes.

Oh, il avait aussi le chic pour me faire parler.

— Ah, ce n'est pas ça ? Alors peut-être que c'est toi qui n'as pas réussi à bander.

Lorsque le dernier mot quitta ma bouche, Charmant fit plusieurs pas en avant jusqu'à ce que je sois obligé de reculer. Quand mon cul rencontra le mur, je ne pus retenir le sourire qui recourba mes lèvres. J'avais apparemment touché un point sensible.

— Tu ne laisses jamais tomber, hein ?

Je laissai mes yeux vagabonder sur ce visage renversant à seulement quelques centimètres du mien. J'examinai ce corps sensuel que je voulais collé contre moi et reportai ensuite mon regard sur le sien.

— Pas quand je vois quelque chose que je veux.

Il plaça une main sur le mur à côté de moi, ses iris désormais si sombres qu'ils semblaient presque noirs. Le danger présent quelques secondes auparavant était toujours là, mais il était maintenant associé à ce désir qui était absent avant.

— Et peu importe si la chose en question a clairement fait savoir qu'il n'était pas intéressé.

— Ça dépend. Parfois, c'est plus fun.

— Fun, hein ?

— Eh bien, je te garantis que tu ne ressortirais pas de là après moins de cinq minutes. Et, de toute évidence, tu n'aurais pas de problème à bander, ajoutai-je en jetant un coup d'œil entre nos deux corps.

— Ce n'était déjà pas un problème au départ.

— Non ?

— Non.

— Alors c'était quoi ?

Je connaissais déjà la réponse à cette question. *Tu as emmené le mauvais mec à l'arrière du bar.* Mais Charmant le reconnaîtrait-il ? Ça restait à voir.

— Un regard couleur whisky, une peau hâlée et une bouche que j'aimerais bien faire taire tout en sachant que je ne devrais pas.

Bordel de merde, c'était prometteur – et surprenant, étant donné que je ne m'étais pas attendu à une réponse sincère. J'attrapai les passants de son jean et l'attirai à moi, comblant la distance entre nous. J'avais besoin de sentir ce corps ferme contre le mien. Quand il poussa ses hanches en avant, je ne pus retenir le gémissement qui s'échappa de mes lèvres. Son érection était dure et épaisse contre la mienne et je balançai mes hanches à mon tour pour sentir ce frottement de nouveau.

— C'est ça que tu veux ? murmura-t-il d'une voix grave et rauque.

— J'ai l'impression que c'est ce qu'on veut tous les deux.

— Peut-être.

Il balaya mes lèvres de son pouce avant de glisser ses doigts le long de ma gorge et sur ma chemise. Je le sentis tracer les contours de mes plaques d'identification. Il se pencha ensuite si près que je fermai les yeux, m'attendant à sentir sa bouche s'emparer de la mienne. Au lieu de quoi, il déclara :

— Mais je connais les types dans ton style, et tu es le genre d'emmerdes que je ne peux pas me permettre.

Sur ce, Charmant, ou quel que soit son nom, laissa retomber sa main et recula, me jetant un dernier regard avant de se tourner en direction de la porte.

— Alors c'est tout? lançai-je en m'écartant du mur. Je n'ai même pas le droit à un nom ?

Il s'arrêta et regarda par-dessus son épaule.

— Pour quoi faire ?

Le sourire aux lèvres, je décidai de lui offrir une dernière chose à se remémorer.

— Pour que jc puisse crier ton nom quand je me ferai du bien tout à l'heure.

La surprise éclaira son visage, vite remplacée par le désir. Il laissa retomber sa tête et ricana. Il commença à ouvrir la porte, puis s'interrompit. Quand il regarda de nouveau vers moi, il répondit :

— Grant. C'est le nom que tu pourras crier tout à l'heure.

Chapitre 3

Mateo Morgan
Nom de code : Solo

— Solo, mon pote !

Une main s'abattit sur mon épaule au moment où j'ouvrais le casier que l'on m'avait assigné. Je jetai un coup d'œil par-dessus mon épaule pour voir Gucci, alias Pete Carter, mon meilleur ami, un immense sourire béat sur le visage.

— Tu arrives à croire qu'on va faire ça ?

— Putain, oui, j'y arrive ! m'exclamai-je.

Nous nous tapâmes dans la paume avant de nous lancer dans cette poignée de main spéciale que nous avions inventée une décennie plus tôt, alors que nous n'étions que des ados idiots avec de grands rêves. Désormais, nous étions des enfoirés stupides avec des rêves encore plus grands.

— Tu as déjà vu ton avion ? demanda-t-il en ouvrant le casier à côté du mien.

— Tu sais bien que oui.

— Un connard a mis un panneau sur le mien avec écrit « Chanel ». Chanel, putain ! Tu y crois, toi ?

Je ricanai, déballant le contenu de mon sac dans mon vestiaire.

— Gucci, Chanel. Facile de confondre.

— Va te faire foutre, mec ! C'est de ta faute si je suis coincé avec ce nom à vie.

— C'est ce qu'on récolte quand on gerbe dans le sac à main d'une nana juste avant l'entraînement.

Gucci grogna, se cognant la tête sur son casier à plusieurs reprises.

— Quatre tournées de « Three wisemen[4] » et tu t'attendais à ce que je garde cette merde dans mon estomac ? Pourquoi on ne m'a pas donné le surnom *Wiseman* ?

Je haussai un sourcil.

— Tu veux vraiment que je réponde à cette question ?

— Ou alors « Petite Nature ». Bordel, même ça je préférerais.

— Ça pourrait être pire. Tu pourrais te retrouver avec « Vomi ». Ou « Gerbe ».

— Ouais, ouais.

Gucci jeta ses affaires de toilette n'importe comment dans son vestiaire, en grommelant « Chanel… ».

Avec plus de soin que mon ancien copilote, je disposai chaque objet à sa place et glissai mes doigts sur l'uniforme de vol beige qui était pendu là – je portais déjà le vert. Prêt pour le premier jour. La Naval Aviation Fighter Academy, ou NAFTA, à Mesamir en Californie, serait mon domicile pour les dix prochaines semaines. J'étais habitué à transporter ma vie dans un sac de voyage, à naviguer de base en base en fonction de l'endroit où j'étais assigné, sans jamais m'enraciner quelque part. Qui savait où j'allais bien atterrir une fois que la compétition ici serait terminée ? Ça dépendrait sans doute de si j'allais foirer ou gagner ce truc.

— Alors, qu'est-ce que tu as fait de ton cul hier soir ?

Gucci laissa échapper un rire débile en ajoutant :

---

4 Le « Three wisemen » est un cocktail composé de trois sortes de whisky (scotch, whisky du Tennessee et Bourbon). Le terme « wiseman » signifie également « roi mage ».

— Ou est-ce qu'il est trop fatigué pour répondre ?

Un sourire s'étira sur mes lèvres alors que je refermais la porte du casier.

— Tu es tellement classe, Gucc'.

— Que veux-tu que je te dise ? Ma mère m'a bien élevé.

Appuyé contre mon casier, je repensai à la nuit dernière et à M. Charmant. Bien que j'aurais aimé que le léger inconfort que je ressentais ce matin vienne du fait d'avoir été pilonné par ce corps extraordinaire, l'alcool était en réalité responsable de mon état pas vraiment tip-top.

Mais Gucci n'avait pas besoin de savoir ça.

— Ta mère est une femme formidable qui a eu la malchance de te revendiquer comme son fils.

Gucci m'offrit un sourire jusqu'aux oreilles.

— Peu importe. Je suis son fils préféré.

— Tu es son *seul* fils.

— Exactement. Heather et Holly peuvent se battre pour savoir qui est sa fille favorite, mais je serai *toujours* son fils préféré.

— Tu es un idiot.

— Et toi, tu évites la question. Alors, laisse-moi deviner.

Gucci se frotta le menton.

— Tu t'es rendu dans un bar sordide en périphérie de la ville…

OK. Il l'avait mis dans le mille si vite que c'en était foutrement effrayant. Mais là encore, si quelqu'un devait en savoir un rayon en bar sordide, c'était mon pote Gucci.

— Tu as juché ton joli petit cul au bout d'un comptoir pourri. Tu as commandé…

Gucci s'interrompit en observant mon corps de haut en bas et hocha ensuite la tête.

— Une bière pour commencer, mais il semblerait que tu aies bu quelque chose de plus fort après. Et après tu as scruté l'intérieur faiblement éclairé à la recherche d'un homme imposant et torride.

— OK, le stoppai-je en levant une main. S'il te plaît, arrête de parler ou c'est *moi* qui vais gerber.

— Dis-moi que j'ai tort.

— Tu as tort.

Gucci plissa les yeux. Je m'assurai de garder une expression neutre, mais cet enfoiré me connaissait depuis bien trop longtemps.

— Ah ! Tu mens !

— Non.

— Si.

Gucci pointa mes sourcils, l'un après l'autre.

— Il tressaute. Celui de gauche. Ça n'arrive que quand tu mens.

Cet enfoiré connaissait mes tics mieux que moi.

— Très bien ! T'as mis dans le mille.

— Hm, hm, mais est-ce que toi, tu *lui* as mis dans le mille ?

Gucci me fit un clin d'œil pendant qu'il revêtait son uniforme de vol. Je levai les yeux au ciel, m'asseyant sur le banc.

— Tu me connais.

— Oui. Le fait que tu ne gaspilles pas ta salive sur le sujet me fait me dire que soit c'était le pire coup de ta vie, soit que tu n'as rien fait du tout.

— Oh, j'ai fait des trucs.

J'enfilai mes bottes tandis qu'un nouveau sourire étirait les lèvres de Gucci.

— Bien sûr.

— Oui, bien sûr, répliquai-je, l'agacement transparaissant dans ma voix. Qu'est-ce que tu as donc fait la nuit dernière de si génial, toi ?

— J'ai pris le dernier vol de nuit. Pas d'action en altitude, mais j'ai obtenu le numéro de téléphone de l'hôtesse de l'air.

— Que c'est passionnant !

Gucci se glissa dans son uniforme et ferma le Zip.

— C'est pour ça que j'essaye de vivre ta vie par procuration, mon pote. Donne-moi quelque chose à me mettre sous la dent, que je n'aie pas l'impression que mon week-end a été une perte de temps.

— Tu as deviné pour le bar. Un tripot en périphérie de la ville et aucun candidat sauf un.

Appuyé contre les vestiaires, Gucci croisa ses gros bras musclés.

— Nous y voilà. Et ?

— Et c'était chaud et sauvage. T'es content ?

Gucci rejeta la tête en arrière et éclata de rire.

— Tu n'as même pas réussi à avoir son nom cette fois, hein ? Seulement « chaud et sauvage » ?

— En fait, si, j'ai eu son nom, répliquai-je en me levant. Grant.

— Grant ? Tu es sûr que c'est son vrai nom ?

— Pourquoi ce serait un faux, bordel ?

— Hum. Il ressemble à quoi ce Grant ?

— Bon Dieu, tu veux vraiment tous les détails, soupirai-je en faisant craquer mon cou d'un côté et de l'autre. Un petit peu plus grand que moi, un corps incroyable. Des cheveux noirs comme une…

— Panthère ? proposa Gucci, ses yeux me dépassant alors que plusieurs autres stagiaires entraient dans les vestiaires.

— Euh, oui, je suppose qu'on peut dire ça.

Gucci hocha la tête et déposa ensuite son bras imposant sur mon épaule. Juste au moment où j'allais lui demander quel était son problème, il nous fit pivoter en direction de l'endroit où les autres gars étaient en train de discuter et de ranger leur équipement.

Un frisson d'anticipation courut le long de ma colonne vertébrale alors que je contemplais les longues jambes, le cul ferme et les larges épaules qui se tenaient à quelques mètres de moi. Mes yeux continuèrent leur chemin affamé jusqu'aux cheveux sombres de la couleur d'une… panthère. Au même moment, Gucci se pencha et chuchota à mon oreille.

— S'il te plaît, dis-moi que ce n'est pas le Grant sur lequel tu rêvassais ?

J'aurais payé cher pour que la réponse à cette question soit non, mais quand le regard bleu perçant de Grant trouva le mien, mon estomac se retourna.

— Putain.

Chapitre 4

Grant Hughes
Nom de code : Panther

La lanière de mon sac solidement passée sur mon épaule, je fixais les mots écrits sur le bâtiment couleur crème : *Naval Aviation Fighter Academy*.

La dernière fois que je m'étais trouvé là, j'avais douze ans. J'avais suivi mon père dans les couloirs pendant qu'il travaillait et regardé les pilotes s'équiper en souhaitant être l'un d'eux. Quatorze longues années s'étaient écoulées depuis. Quand bien même mon père ne servait plus en tant qu'instructeur principal à l'académie, son héritage me précéderait au moment même où je franchirais ces portes.

Je pris une grande inspiration, redressai les épaules et me rappelai que j'avais gagné le droit d'être ici par mon propre mérite. Peu importait mon nom, il était impossible qu'un pilote passe ces portes grâce à un piston. C'était comme ça que des gens se faisaient tuer.

— Tu prévois d'entrer ?

Au son familier de cet accent traînant du Sud, je me retournai.

— Eh bien, si ce n'est pas Houdini en personne, le saluai-je en souriant et en percutant mon poing contre le sien. Comment est-ce qu'ils t'ont laissé entrer, bordel ?

— Oh, tu sais. Faveurs sexuelles.

Même si je savais qu'il plaisantait, je le pensais potentiellement capable d'offrir son corps pour obtenir ce qu'il voulait. Houdini était l'incarnation du bon petit gars du Sud, mais avec une sacrée dose de malice. Il ressemblait à Robert Redford dans *Butch Cassidy et le Kid.* Ses yeux pétillaient constamment et il avait un sourire qui aurait pu séduire n'importe qui.

D'où le nom Houdini : le type pouvait sortir – et pénétrer – dans n'importe quoi.

— Si je croyais ne serait-ce qu'une seule seconde qu'ils t'avaient accepté grâce à ça, je serais déjà dans le bureau du commandant pour demander une réévaluation. Tout le monde sait que tu prends la fuite avec tes coups d'un soir. C'est quelque chose qu'on ne peut pas se permettre là-haut.

Houdini me regarda de haut en bas en mâchant lentement un chewing-gum. Il s'approcha ensuite de moi.

— Oh, ne t'inquiète pas, Panther. Je m'assurerai que tu sois satisfait avant de partir.

Alors qu'il m'envoyait un clin d'œil, je lui mis un coup dans le bras. Il n'y avait pas beaucoup de mecs à qui je permettais de me parler comme ça, mais je connaissais Houdini depuis des années. Enfoiré de charmeur.

— Tu arrives juste à l'heure, non ?

— Tu peux parler. Je pensais que tu serais déjà à l'intérieur en train de jauger la compétition.

Je souris.

— Quelle compétition ?

Houdini rit et me tapa dans le dos tandis que nous grimpions les escaliers.

— Ne t'imagine pas que je te laisse t'en tirer avec tes airs de frimeur cette fois. Je ne vais sûrement pas me contenter de te remettre le trophée.

— Hmm. On verra ça.

À l'intérieur, l'entrée était exactement telle que je me le rappelais, mais avec davantage de sécurité et de détecteurs de métaux. Nous nous enregistrâmes au comptoir d'accueil, et, alors que nous stoppions devant l'un des détecteurs, je fis signe à Houdini de passer devant.

— Les dames d'abord, lui lançai-je.

Houdini me fit un doigt d'honneur avant d'avancer.

Après avoir récupéré nos sacs sur le tapis, nous suivîmes les panneaux qui menaient aux vestiaires, où nous revêtirions nos uniformes de vol avant l'orientation. Les couloirs sentaient la peinture fraîche, les murs d'une couleur crème assortis à ceux de l'extérieur du bâtiment – encore une chose différente de mes souvenirs. À l'époque, ils avaient été d'un gris terne.

— Lieutenant Hughes.

Je m'arrêtai en entendant ce ton ferme et regardai derrière moi pour voir le commandant Ancog marcher rapidement dans notre direction. Grand et imposant, il s'arrêta devant moi et je me mis au garde-à-vous.

— Commandant Ancog, se présenta-t-il, sa voix grave comme un grondement résonnant entre les murs. Je travaillais avec votre père.

— C'est un plaisir de vous rencontrer, Commandant.

— Je ne peux vous dire à quel point nous sommes ravis d'avoir le fils de Razor avec nous. Nous avons hâte de vous voir dans les airs.

À peine passé la porte que ça commençait déjà.

— Je vous remercie, Commandant. Je me réjouis de rendre mon père et la NAFTA fiers.

Un soupçon de sourire fleurit sur les lèvres du commandant Ancog. Il me fit un signe de tête avant de remarquer Houdini et de le saluer également.

— Pas de pression d'aucune sorte, mais si tu ne gagnes pas, tu pourrais bien être déshérité, me lança Houdini alors qu'Ancog s'éloignait.

Sans déconner, pensai-je.

J'essayai toutefois d'ignorer ce que le commandant avait dit. Je n'avais pas besoin de me focaliser là-dessus maintenant, pas alors que les cours n'avaient même pas encore commencé.

Au bout du couloir qui avait tout d'un labyrinthe, les vestiaires se scindaient en deux. Nous partîmes sur la droite, croisant d'autres recrues sur notre chemin.

Houdini semblait tous les connaître – évidemment – et fit rapidement les présentations alors que nous pénétrions dans la pièce.

— Trente-cinq, trente-cinq, marmonnai-je, étudiant les numéros de casiers à la recherche du mien.

Quand je le trouvai, je laissai tomber mon sac et ouvris la porte. Deux ensembles d'uniformes de vol étaient pendus à l'intérieur. Alors que je me saisissais de l'un d'eux, j'entendis un rire venant de l'autre côté de la pièce.

Je jetai un coup d'œil sur ma droite et aperçus deux types que je n'avais pas encore rencontrés. Ils parlaient entre eux et faisaient comprendre clairement à toutes les autres personnes présentes dans les vestiaires qu'ils avaient bien l'intention de continuer comme ça en ne s'embêtant pas à venir se présenter.

L'un d'eux était une armoire à glace et je ne pouvais pas m'empêcher de me demander comment il parvenait à tenir dans le cockpit d'un avion. Le deuxième était plus mince. Leurs dos tournés vers moi, je ne pouvais voir le visage d'aucun des deux. Alors quand Houdini se planta à côté de moi, je me surpris à lui demander :

— C'est qui ces deux-là ?

Houdini se pencha pour jeter un coup d'œil de l'autre côté de la pièce. Quand il repéra les deux hommes qui se tenaient là, il leva les yeux au ciel.

— Gucci et Solo.

Il ne me donna pas plus de détails et reprit le tri du contenu de son casier. Je plissai les yeux alors que le colosse regardait dans ma direction.

— Solo, comme…

— Oui, comme le connard irresponsable qui a presque coûté un avion à la Navy le mois dernier. Ce Solo. J'ignore qui il a dû sucer pour entrer ici, mais ça a manifestement fonctionné. Ce mec est une source d'ennuis.

J'examinai les deux hommes de nouveau, me demandant lequel des deux était le tristement célèbre Solo. Cependant, quand l'armoire à glace posa son bras sur les épaules de l'autre type et le fit pivoter dans ma direction, je sus exactement qui était qui.

J'avais rencontré les ennuis en question la nuit dernière, je n'avais tout simplement pas réalisé qu'ils m'avaient suivi jusqu'ici.

Putain.

Chapitre 5

Panther

Je pouvais sentir ses yeux plantés à l'arrière de mon crâne.

Solo.

Bien sûr, l'homme tenace d'hier soir était maintenant assis derrière moi dans la salle de formation, parce que la vie ne pouvait pas être *si* simple.

Je gardai mon attention sur le commandant Levy à l'avant de la classe et essayai de me concentrer, même si la panique s'instillait dans mes veines. Avec sa réputation je-m'en-foutiste, Solo me balancerait-il à mes collègues et mes instructeurs ? Je gardais ma vie privée, privée pour une raison. La présence de ce type menaçait tout ce pour quoi j'avais travaillé si dur.

C'était la raison pour laquelle je ne baisais avec personne au sein de l'armée : les gens parlaient et même si ce n'était plus techniquement contre les règles d'être gay, ça rendait toujours les autres méfiants et changeait leur regard sur vous. Sachant ce que mon père en pensait, j'avais gardé le silence et mes faits et gestes à l'abri des regards de tout le monde sauf de mes amis les plus proches – et ils savaient se taire. Bordel, c'était pour cette raison que j'avais fait l'effort de trouver un bar en dehors de la ville, là où je ne risquerais pas de tomber sur quelqu'un de trop bavard. Dès que j'avais senti les plaques d'identification de Solo la veille, l'attraction ressentie n'avait plus compté. Hors de question de risquer ma carrière pour quelqu'un. Heureusement que je n'avais pas pensé avec ma queue la nuit dernière.

Mais bon sang, je ne m'étais pas attendu à ce qu'il se pointe dans ma vie à nouveau. Et surtout pas ici.

Putain, putain, putain. Pourquoi avait-il fallu que l'homme charmant et attirant auquel j'avais par chance résisté soit un collègue pilote avec une infâme réputation au sein de la Navy ?

Sous le bureau, je serrai les poings et me forçai à reporter mon attention sur la réunion d'orientation. Sur le devant de la pièce, le commandant Levy faisait les cent pas, ses yeux froids et évaluateurs.

— Chacun d'entre vous a prouvé qu'il était le meilleur de sa promotion. C'est pourquoi vous êtes ici.

Il s'arrêta devant moi, ses mains jointes dans son dos, avant de poursuivre.

— L'Élite. Ce n'est pas juste un nom, mesdames et messieurs. C'est un gage d'honneur. La plus haute distinction aéronautique de la Navy, ce qui veut dire que tous les regards sont sur vous et sur ce que vous ferez ici dans les dix prochaines semaines.

Il n'échappa pas à mon attention qu'il regardait Solo en disant cela, espérant probablement inspirer un peu de crainte à ce type connu pour être sans peur.

— Une fois que vous aurez obtenu votre diplôme – si vous l'obtenez –, vous pourrez choisir un poste n'importe où dans le monde. Mais je dois vous prévenir, les deux mois et demi à venir seront les plus intenses de votre vie. Vous devrez faire face à des missions programmées ou non à notre discrétion, parfois au pied levé. Dans certains cas, vous vous envolerez en doublon. Vous serez obligés de travailler en équipe tout en étant en compétition les uns contre les autres.

La pensée de me retrouver en binôme avec le mec qui fixait toujours l'arrière de mon crâne me mettait mal à l'aise, mais hors de question de le montrer. Cette compétition était à moi et je ne perdais jamais. Je n'allais pas commencer maintenant.

Le commandant Levy recommença à faire les cent pas.

— Dans cette compétition, un seul d'entre vous aura le dessus…

Derrière moi, quelqu'un ricana. Le commandant se retourna brusquement, fixant quelqu'un derrière mon épaule.

— Est-ce qu'il y a quelque chose d'amusant, lieutenant Morgan ?

— En fait, oui, répondit Solo, l'arrogance transpirant dans ses mots d'une manière pas si subtile.

— Puisque ça vous semble assez important pour interrompre mon cours, peut-être aimeriez-vous partager avec nous ?

Tous les yeux se tournèrent en direction de Solo. Déterminé à ne pas attirer l'attention sur moi, je jetai un coup d'œil derrière moi. Avec sa combinaison de vol mettant en avant son corps magnifique, Solo se prélassait avec désinvolture sur sa chaise, son bras appuyé nonchalamment sur le dossier. Il affichait un sourire en coin, comme s'il ne se souciait pas le moins du monde de la situation. Comme s'il n'était pas assis dans une pièce pleine des meilleurs et plus respectés pilotes de la Navy.

— Vous dites qu'un seul d'entre nous aura le dessus, observa Solo.

Ses yeux se portèrent brièvement sur moi. Ils semblaient plus dorés que bruns sous l'éclairage fluorescent, mais la malice que j'y avais vue la veille était toujours là.

— Il se trouve justement qu'être dessus est ma position favorite, termina Solo.

Il me fit alors un clin d'œil – un putain de clin d'œil, cet enfoiré – et je me retournai brusquement comme si on m'avait giflé. Je regardai de nouveau vers l'avant de la classe. Il plaisantait avec ses conneries ? Pouvait-il être encore plus transparent ?

— Personne n'a envie d'entendre parler de ta vie sexuelle, connard, l'interpella Utah, provoquant de légers gloussements à travers la pièce.

— Je ne parle pas de ma vie sexuelle, répondit Solo. Dans ce cas, je m'en tape de qui a le dessus.

Dieu tout-puissant… Comme si j'avais besoin de ce genre de pensée dans ma tête.

Ou de ce genre d'image.

— Ça suffit ! aboya le commandant Levy, avant de regarder Solo avec insistance. Je veux vous voir dans mon bureau à la fin de la journée, lieutenant.

Quand Utah ricana, Levy ajouta :

— Vous aussi, Utah.

Un silence tomba sur la classe. Personne ne voulait commencer son séjour ici en se faisant défoncer dès le premier jour.

— Pour votre premier vol, vous travaillerez en équipe. Meneur et ailier. Je vous ai affecté un partenaire pour la durée de la formation, même si vos rôles changeront pour chaque sortie.

Je regardai le classeur devant moi et passai en revue le briefing de vol et les caractéristiques du F/A-18A Super Hornet.

— Je sais que la plupart d'entre vous sont familiers avec ces avions, ou devraient l'être du moins. Mais au cas où certains n'auraient pas encore réalisé le fait qu'ils ont été acceptés ici et qu'ils vont être en compétition pour la plus haute distinction qui existe, je vous offre une journée tranquille.

Le commandant Levy fit une pause, examinant la classe.

— Profitez-en. C'est la seule que vous aurez.

Des murmures fusèrent parmi les rangs alors que le commandant regagnait le bureau à l'avant gauche de la pièce où il ramassa un bloc-notes et un stylo. On y était. Il était sur le point d'assigner les binômes pour la durée de la compétition.

— Bien, écoutez. J'ai Utah comme leader avec Houdini comme ailier. Phantom ? Tu seras meneur, et Alphabet, tu seras à ses côtés. Gucci ? Tu prendras la tête avec Whiplash comme coéquipière. Et d'après ce que j'ai entendu, Whiplash, soyez reconnaissante de ne pas partager un cockpit…

Des huées retentirent et Whiplash tourna la tête pour diriger son regard sur Gucci.

— Si jamais tu me vomis dessus un jour, meneur ou pas, je te coupe les couilles.

Tandis que le commandant Levy continuait d'appeler les duos, mon cœur battait la chamade. Je m'assis un peu plus droit.

Tout le monde savait que la personne avec laquelle vous étiez associé sur ces vols pouvait vous aider à réussir ou vous briser. Alors que la liste se réduisait sans que mon nom soit appelé, j'agrippai mon crayon si fort que je fus surpris qu'il ne se casse pas.

Il ne restait que quelques noms en dehors du mien. Aucun d'entre eux n'aurait été mon premier choix et un était définitivement mon dernier. Je ne pouvais pas avoir si peu de chance…

— Solo ? Tu prendras la tête avec Panther comme ailier.

OK, apparemment si.

— Je veux que vous travailliez tous ensemble. Rappelez-vous, il est important de former une équipe soudée dans ce cas précis. Prouvez que vous êtes capables de travailler avec les autres. OK, passons le briefing en revue.

Le commandant se tourna pour prendre son classeur. Alors qu'il le feuilletait, j'entendis une chaise se déplacer derrière moi et sentis un léger souffle à l'arrière de mon cou.

Ne regarde pas, ne regarde pas, m'intimai-je. Mais quand une voix bien trop familière chuchota dans mon oreille « Je suis tout à fait partant pour rester soudé avec mon équipe. Et toi ? », ma tête se tourna sur le côté et je lançai un regard glacial à ce connard arrogant.

Incroyable. C'était la dernière chose dont j'avais besoin. D'être associé à un frimeur imprudent et irresponsable qui pensait qu'il pouvait faire ce qu'il voulait et s'en tirer impunément. Y compris, apparemment, me provoquer.

Mais je n'étais pas sur le point de mordre à l'hameçon. J'étais ici pour une seule raison et personne n'allait m'empêcher de réussir. Surtout pas quelqu'un avec une cible sur le dos. Impassible, je soutins le regard de Solo, refusant de lui laisser voir à quel point il me tapait sur les nerfs. Quand les coins de sa bouche se soulevèrent et qu'il se laissa retomber dans son siège, je me retournai lentement vers le devant de la classe.

Ça allait être dix longues semaines, si ce premier jour merdique était une quelconque indication.

Chapitre 6

Solo

C'était mon jour de chance.

Tout d'abord, poser les yeux sur le magnifique Grant de la nuit dernière dans le vestiaire, et ensuite, être mis en binôme ? Comme ma maman avait l'habitude de dire, c'était un signe.

À en croire les regards glacials qu'il m'avait lancés toute la matinée, Grant – ou Panther – n'avait pas l'air vraiment ravi de ma présence ici. Il ne fallait pas être un génie pour comprendre pourquoi.

Panther était un fils à papa typique de la Navy. L'une de ces progénitures de cador de capitaine nées pour ça. Je pariais que ce bon vieux papa n'était pas vraiment content des préférences sexuelles de son fils.

Dommage, pensai-je alors qu'on nous relâchait de la réunion d'orientation et qu'on nous demandait de nous équiper. Tandis que tout le monde quittait la pièce et se dirigeait vers la plate-forme, je me postai à côté de Gucci tout en gardant mes yeux verrouillés sur le canon qui arpentait le couloir devant moi.

Oh oui, Panther était furax.

— Je te dirais bien de te comporter correctement là-haut aujourd'hui, mais vu que tu t'es déjà débrouillé pour te retrouver sur la liste noire du commandant, je vais plutôt te demander : est-ce que tu es prêt à te faire botter le cul aujourd'hui ?

D'une façon ou d'une autre, je parvins à détacher mon regard du splendide derrière de Panther assez longtemps pour jeter un coup d'œil à Gucci et voir son sourire insolent.

— Si j'étais toi, je resterais sur ma première idée, parce qu'il n'y a pas moyen que tu me bottes le cul là-haut. Ce n'est jamais arrivé et ça n'arrivera jamais.

— Tu sais, un de ces jours, quelqu'un de meilleur que toi va se pointer, railla Gucci.

— Ouais ? Eh bien ça ne sera pas toi. Et ça ne sera pas aujourd'hui.

— Si tu le dis.

Je suivis Gucci sur la plate-forme. Alors que nous nous dirigions vers l'endroit où nos équipements étaient stockés, je repérai Panther à quelques mètres.

— En plus, le seul mec qui avait une chance de me battre là-haut vient juste d'être désigné comme mon partenaire.

— Partenaire ?

Gucci laissa échapper un rire bruyant.

— Plutôt pour être ton gardien. Il avait l'air aussi content de cette décision que s'il avait pris perpète.

Je ne pouvais pas le contredire, mais je n'allais pas laisser ça me dissuader. Tout le monde savait que Grant « Panther » Hughes, fils du capitaine Franklin « Razor » Hughes était l'un des meilleurs pilotes de la Navy. L'homme à abattre.

Le fait d'être mis en équipe avec lui augmentait simplement mes chances de gagner. Ainsi que le temps passé en tête à tête avec lui. Ce que je choisissais de voir comme un bonus et ce que *lui* voyait clairement comme un sort pire que la mort.

— Nan, il s'y fera.

Je m'emparai de ma combinaison anti-G et l'enroulai autour de ma taille, la fermant sur les côtés.

— Je suis attachant, tu le sais bien.

— Attachant ? Comme une mycose, tu veux dire ?

Je fis un doigt d'honneur à Gucc', avant de continuer de fermer les jambes de ma combinaison et de remonter la fermeture Éclair. Je m'assurai que tout était bien ajusté, chaque morceau de notre équipement ayant été fait sur mesure. J'attrapai ensuite ma veste de survie sur son crochet, mes yeux s'égarant à l'endroit où Panther mettait le pied dans sa combinaison étendue sur le sol.

Ma main se resserra sur la bande de torsion alors qu'il se penchait pour remonter son équipement sur ses cuisses. Tandis qu'il se redressait pour glisser ses bras dans le harnais et le mettre en place, je ne pus empêcher mes yeux de s'aventurer sur son corps ferme et bien bâti jusqu'à l'endroit où la combinaison enveloppait affectueusement son entrejambe.

Bordel ! Rien ne m'excitait plus qu'un mec en tenue complète de vol. J'étais content que mon uniforme soit ignifugé, parce que Panther était torride.

— Aaah, bon sang.

Au son de la voix de Gucci, je détachai mon regard de Panther pour voir mon ami secouer la tête.

— Tu déconnais pas tout à l'heure, hein ? Tu as vraiment couché avec lui.

Eh bien, pas exactement. Mais je ne pouvais pas faire machine arrière maintenant. Au lieu de ça, je restai silencieux.

— Ça sent le désastre à plein nez.

— Arrête de t'inquiéter. Merde ! Tu es pire qu'une mère poule. Tout va bien se passer.

Tout du moins, c'était ce que je ne cessais de me répéter en enfilant mon gilet de survie et en le remontant le long de mes jambes. En me relevant pour mettre à leur place les courroies sur mes épaules, je sentis l'attention de quelqu'un sur moi, et levai les yeux à temps pour voir Panther me regarder.

Ses lèvres étaient serrées en une ligne mince et son regard intense plissé tandis qu'il m'examinait des pieds à la tête. Quand il atteignit mon visage, son expression demeura inchangée. Ouais, eh bien, ça n'allait pas le faire. Je tendis alors le bras pour réajuster ma queue qu'il avait réveillée avec ses petits préparatifs.

Comme je l'avais espéré, ses yeux descendirent sur ce que je faisais. Quand ils remontèrent brusquement sur mon visage, je lui destinai le même sourire lent que la veille et lui fis un clin d'œil.

Je m'attendais à une quelconque réaction. Un air renfrogné plus probablement, mais j'espérais davantage un regard de braise ou le voir se lécher les lèvres. N'importe quoi qui aurait pu me montrer l'effet que je lui faisais.

Mais non. L'expression de Panther demeura stoïque alors qu'il ajustait fermement la courroie en travers de son torse. Il se saisit ensuite de son casque et tourna les talons, se dirigeant hors de la plate-forme. Je terminai rapidement d'enfiler le reste de mon équipement avant qu'il ne parte trop loin.

— À tout à l'heure, lançai-je à Gucci en lui tapant sur l'épaule.

J'attrapai alors mon propre casque et trottinai en direction du hangar. Un peu plus loin, Panther continuait d'avancer à vive allure, mais je le rattrapai rapidement.

— Tu n'essaierais pas de partir sans moi, si? le taquinai-je, en mettant mes Aviator alors que nous sortions du hangar sous un soleil de plomb.

Avec tout cet équipement supplémentaire, j'avais l'impression qu'il faisait deux mille degrés.

Panther continua à regarder droit devant lui.

— Ça m'a traversé l'esprit.

— Écoute, je ne sais pas ce que tu as entendu, mais tu as de la chance de m'avoir comme partenaire.

Il ricana.

— Tu ne me crois pas ? Tu as déjà volé avec moi ?

Quand il garda le silence, je baissai la voix jusqu'à ce qu'elle ne soit plus qu'un ronronnement.

— Alors tu ne sais pas ce que tu as manqué.

Panther s'arrêta abruptement et enleva ses lunettes de soleil. Ses yeux bleus flambaient ; enfin une réaction à mes provocations.

— Je comprends. Tu joues le rôle du rebelle pour planquer tes insécurités. Tu cherches l'attention, c'est pour ça que tu ne peux pas la fermer. Et tu ne veux rien de plus que t'immiscer dans la tête de tes adversaires, et donc tu continues de me faire chier.

Serrant les mâchoires, il se rapprocha davantage de moi, hors de portée d'oreille des autres qui se dirigeaient vers leurs avions.

— Je garde mes affaires privées, tu comprends ? Redis quelque chose comme ce que tu as balancé en classe aujourd'hui et t'es fini, putain. Fini. Alors si tu sais ce qui est bon pour toi, tu garderas la tête basse, la bouche fermée et tu voleras proprement.

Il remit ses Aviator et s'éloigna. Je ne pus m'empêcher de sourire. Un Panther fou de rage, c'était *torride*.

Chapitre 7

Panther

Je n'aurais jamais cru être capable de meurtre avant ce matin-là. Mais c'était possible et ça pourrait arriver à tout moment.

Comme si tomber sur Solo ici n'était pas suffisant, il fallait aussi qu'il soit mon partenaire pour la durée de la compétition. Était-ce un genre de blague karmique cruelle qui me retombait dessus ? Je ne me rappelais pas avoir fait quelque chose d'assez mal pour me retrouver coincé avec le fameux pilote. S'il dérapait et foutait en l'air mes chances d'atteindre la tête du classement, il y aurait définitivement un mort.

Après avoir atteint l'avion qu'on m'avait assigné, je fis toutes les vérifs pré-vol tandis qu'à côté de moi, Solo faisait de même.

Oublie-le. Concentre-toi sur le vol. Reste calme et paré à toute éventualité.

Après avoir tout passé en revue, je fermai les yeux, assis dans le cockpit, et pris une grande inspiration avant de relâcher lentement mon air, me vidant la tête. C'était ce pour quoi j'étais né. Personne ne m'empêcherait de le prouver.

Je mis mon casque, attachai mon masque et attendis ensuite le signal. Solo était positionné pour décoller devant moi. Quand il eut le feu vert, il s'élança sur la piste.

C'est parti.

L'adrénaline affluait déjà dans mes veines, m'offrant une sensation étourdissante qu'aucun alcool ne pouvait égaler. Je volais depuis des années maintenant et une chose à laquelle je ne m'attendais pas quand j'avais commencé, c'était que je ne m'en lasserais jamais. Le frisson de piloter un avion de chasse ne ressemblait à rien de ce que j'avais pu expérimenter dans ma vie. Quand on me donna le feu vert de décoller, je mis les gaz et dévalai la piste. Mon corps entier vibrait alors que j'accélérais, encore et encore. Puis l'appareil se retrouva dans les airs, montant en flèche dans le ciel bleu dégagé ; pas un seul nuage à l'horizon pour me boucher la vue.

Mon cœur martelait ma poitrine, cependant je maintenais ce contrôle harmonieux comme je le faisais toujours quand je volais. Plus haut, j'aperçus Solo et continuai de grimper jusqu'à neuf mille quatre cents mètres où il s'était stabilisé.

Sois réglo pour une fois dans ta vie, Solo.

La mission exposée dans le dossier aujourd'hui était simple et précise. Le commandant voulait voir nos manœuvres de base de pilotes de chasse et apprécier comment nous nous comportions dans un combat aérien. C'était quelque chose que nous avions pratiqué à maintes reprises. Une épreuve de force en plein vol où chacun de nous essayait de se placer derrière l'avion de son adversaire et d'intercepter les intrus présumés pour tenter de les faire dévier de leur trajectoire et quitter la zone.

Et s'ils ne partaient pas ? Eh bien, c'était le moment de prier pour savoir ce que vous faisiez là-haut.

Le rugissement de l'aspiration alors que je tournais fit fléchir mes ailes. C'était un son que je ne me lassais pas d'entendre. Je me mis en formation avec Solo, à environ trois mètres de l'endroit où son avion déchirait le ciel. Je vérifiai ensuite l'alignement de mes ailes et les références longitudinales pour m'assurer d'être en position.

En tant qu'ailier de Solo aujourd'hui, c'était mon job de garder un œil sur mon meneur à tout moment et de m'assurer que la distance entre le bout de l'aile et le nez de l'avion soit exacte, pour garder notre vol sécurisé. En tant que meneur, c'était le job de Solo de déléguer des tâches durant le vol pour garantir que la mission soit accomplie sans encombre.

Je savais que je ferais ma part du boulot avec la plus grande vigilance et responsabilité, mais en ce qui concernait Solo, qui savait quel coup il préparait.

— Panther, c'est gentil à toi de me rejoindre là-haut aujourd'hui. Ça se présente bien à six heures, terminé.

S'il y avait une chose que moi et la plupart des autres pilotes haïssions, c'était d'avoir une pipelette sur la transmission. L'expression «la ferme et tais-toi» ne venait pas d'hommes qui voulaient avoir une longue conversation dans les airs. Mais de toute façon, Solo ne me paraissait pas être le type qui en avait quelque chose à foutre d'une manière ou d'une autre.

Quel chanceux j'étais!

— Je suis en position et je t'ai dans ma ligne de mire. Finissons-en.

— Oh, pas de bavardages?

— Je ne suis pas là pour te divertir, Solo. Je suis là pour gagner.

— Tu ne peux pas faire les deux?

J'étais sur le point de lui dire de se la fermer et de se concentrer quand l'avion de Gucci arriva de nulle part et se verrouilla sur la position de Solo. Alors, comme c'était toujours le cas là-haut, les choses passèrent d'intenses à complètement dingues en quelques secondes. Solo se propulsa et commença à grimper, clairement sur le point de mettre en œuvre d'importantes manœuvres de repositionnement.

Je n'eus pas d'autre choix que de le suivre. Tous les deux, nous mîmes nos réacteurs en marche et commençâmes l'une des ascensions les plus rapides et extrêmes connues de l'homme. Nous étions maintenant à la verticale et le bruit tonitruant de l'air autour de nous alors que nous prenions quelques G fit vibrer mon corps entier et me sentir vivant.

L'adrénaline de vivre de façon si extrême, de savoir que vous faisiez quelque chose que seule une poignée d'hommes et de femmes étaient capables d'endurer aussi bien physiquement et mentalement, demandait un mélange explosif d'ego et de tripes, de peur et d'intelligence. Quand Solo atteignit l'apogée de son ascension et s'inclina à gauche avant d'effectuer une plongée brutale, je sus que j'avais devant moi l'ego et les tripes.

Alors que Gucci faisait de même, Solo débuta une série de virages et de tonneaux à grande vitesse. Chaque manœuvre était une réaction aux essais de Gucci de le verrouiller pour le tir. Impossible qu'il ait un angle de tir dégagé sur un avion effectuant les mouvements que Solo était en train d'exécuter.

Maintenant la cadence avec mon meneur, je dus admettre que Solo était un putain de pilote. Il était rapide, sans peur et précis. Aujourd'hui, il respectait les règles. Il était évident qu'il était ici pour une bonne raison. Alors que nous neutralisions et distancions Gucci et Whiplash, nous réussîmes à nous placer derrière eux et à viser sur nos cibles pour les abattre.

Eh bien, bordel ! Peut-être que ça ne serait pas le désastre que j'avais craint depuis le début.

— Putain, oui ! cria Solo à travers l'intercom tandis que nous gagnions le premier vol. J'avais dit à Gucci qu'il ne me battrait pas aujourd'hui. Pas aujourd'hui !

— Pas mal, lâchai-je, envahi par un sentiment de soulagement.

Je m'étais préparé au pire, mais il avait volé proprement et nous avions botté le cul des autres dès le départ.

— Pas mal ? C'est ton idée d'un compliment ?

— Ton ego est déjà assez gros. Rentrons à la base.

Solo ne répondit pas et je pris ça pour un assentiment. Je fis un virage serré à droite, direction la NAFTA. Il ne me fallut toutefois pas longtemps avant de réaliser qu'il ne me suivait pas.

— Solo ? Il y a un problème ?

Regardant autour de moi, je le trouvai en train de foncer à la verticale, laissant des traînées dans le ciel.

— Qu'est-ce que tu fais ?

— Je montre juste à Gucci qui a la plus grosse.

Oh, bordel de merde !

— Arrête tes conneries et reviens à la base.

— Peux pas. Il faut que je fasse ça long et épais.

— Faire quoi long et épais ?

— Ma bite céleste.

— Ta…

Je perdis mes mots quand Solo commença à descendre. Effectivement, un pénis commençait à apparaître, formé par les traînées qu'il laissait derrière lui. Je regardai avec horreur alors qu'il faisait des huit à la base de la forme phallique.

— Hé, Panther, à quoi ressemblent mes boules ? Est-ce qu'elles sont assez grosses ?

Je ne répondis pas. Hors de question de me retrouver impliqué. Ces traînées ne disparaissaient pas et ça me tuerait de perdre des points pour cette farce.

— Allez, mec ! Je ne veux pas que mes burnes soient bancales. Dis-moi simplement si elles sont de la bonne taille.

Ignorant Solo, je commençai ma descente quand la piste fut en vue. Juste alors que je touchais le sol, je l'entendis dire :

— Mec, c'est un magnifique pénis. Regarde en l'air et dis-moi à quel point ma queue est torride.

C'était impossible de ne pas voir le dessin dans le ciel et impossible aussi de ne pas voir ce que ça représentait.

Je vais le buter !

Chapitre 8

Solo

Le savon que je reçus aux côtés de Panther ne figurait pas dans le top dix des meilleurs moments de ma vie, mais je ne pouvais pas dire que ça n'avait pas valu le coup. Cela avait été un bon gros «va te faire foutre» adressé à mon meilleur ami, qui trouvait ça foutrement drôle, au contraire de mes instructeurs.

Eh, ce n'était pas ma faute si les traînées dans le ciel avaient duré plus longtemps qu'elles n'auraient dû. Je pensais que le dessin serait apparent pour quelques minutes au maximum, mais il était toujours là. Le bureau commençait à recevoir des plaintes.

Oups. Ou pas.

Alors que nous sortions du bureau du commandant Levy et nous dirigions vers les vestiaires, je pouvais sentir la tension qui émanait de Panther, bien qu'il n'ait pas prononcé un mot depuis que nous avions atterri. Vraiment coincé, ce mec.

— Eh bien, le commandant Levy n'était pas trop impressionné par ma queue, lançai-je nonchalamment. Je dois dire que c'est une première.

— Ferme-la, souffla-t-il entre ses dents serrées.

— Tu l'as trouvée impressionnante ? Tu peux me dire la vérité.

Je jetai un coup d'œil aux couloirs vides.

— Personne ne t'entendra admettre que tu l'as aimée.

La façon dont les poings de Panther se fermèrent aurait pu être drôle, si je ne pensais pas qu'il pourrait effectivement s'en servir sur moi. Il le ferait probablement.

Bizarrement, même l'idée de me faire frapper ne m'aida pas à la fermer.

— On s'est pris une fessée, et alors ? Ce n'est pas comme si on nous avait disqualifiés.

Alors que nous tournions l'angle dans les vestiaires, Panther me poussa contre le mur si fort que j'en perdis le souffle. Le regard flamboyant, il me scruta fixement, son visage à seulement quelques centimètres du mien.

— Mais à quoi tu pensais, putain ?

— Je…

— Tu t'es dit que ça serait une bonne idée de n'en faire qu'à ta tête et de manquer de respect non seulement à moi, mais aussi à la Navy ? Ce n'était pas assez de remporter cette mission, il fallait que tu foutes tout en l'air après ? Tu penses que c'est drôle ?

— Je suppose que toi non.

— Tu as de la chance d'être ici. Tu as de la chance d'être *encore* ici. Et parce que je suis le type qui se retrouve coincé avec toi, c'est à moi de faire en sorte que tu ne fasses plus ce genre de conneries.

Bordel, ce qu'il était sexy ! Quelque chose dans l'énervement de Panther m'allumait. Et être plaqué contre le mur avec son corps pratiquement vibrant contre le mien ? Il se pourrait qu'il y ait d'autres pénis célestes dans mon futur.

— Ils ne vont pas tolérer ce genre de trucs, Solo. Il faut que tu te fasses petit.

Je jetai un coup d'œil entre nous à ma flagrante érection.

— Trop tard.

Quand Panther baissa les yeux, la surprise éclaira son visage, prenant le dessus sur la colère. Il s'écarta ensuite brusquement de moi.

— Je ne te comprends pas, déclarai-je en m'éloignant du mur. Tu te comportes comme si tu avais peur des queues, aussi bien celle du ciel que la mienne, alors que je sais que ce n'est pas vrai.

Les yeux de Panther s'écarquillèrent tandis qu'il regardait à droite et à gauche, cherchant nos camarades.

— Baisse d'un ton, putain.

— Ou quoi ?

Je fis un pas vers lui.

— Tu vas me frapper ? Je sais que tu en as envie.

Panther bondit, attrapant ma combinaison de vol en me tirant en avant.

— Que les choses soient claires. Tu ne me connais pas. Tu ne sais rien de moi et je ne compte pas que ça change.

— Parce que je suis un « problème » ?

Je souris, enroulant ma main autour de son poignet qui me tenait.

— Et les problèmes te font peur ? insistai-je.

— Je n'ai pas peur de toi.

— Oh, juste de toi-même alors.

Sa mâchoire se crispa et ses doigts se resserrèrent sur mon uniforme.

— Est-ce que tu peux pendant une seule seconde de ta vie faire *comme si* tout ça avait de l'importance pour toi ?

— Toi, en train de m'en foutre plein la tronche ? Oh, crois-moi, ça a définitivement de l'importance pour moi.

Panther me repoussa et pointa son doigt dans ma direction.

— Tu es impossible.

— J'ai entendu pire.

— Pourquoi je ne suis pas surpris ?

Il tourna les talons. Alors qu'il commençait à s'éloigner à grandes enjambées, je le suivis rapidement, laissant mes yeux parcourir ses larges épaules et sa taille étroite.

— Tu sais, peut-être que si tu te lâchais un petit peu, tu ne me trouverais pas si…

— Exaspérant ?

Mes lèvres tressaillirent. Il s'arrêta devant son casier et l'ouvrit d'un coup sec.

— Je pensais plus à… distrayant.

Panther agrippa la porte métallique de son vestiaire et me lança un regard féroce. Si j'avais été n'importe qui, j'aurais pu être intimidé. Mais c'était bien la dernière réaction de mon corps. J'étais excité à cent pour cent par cette colère qui émanait de lui, ce qui n'était pas vraiment surprenant.

L'adrénaline liée au danger me faisait totalement prendre mon pied. Et à l'instant, Panther semblait être le genre de danger dont il serait sage de s'éloigner.

Mais où était le plaisir dans tout ça ?

— Tu sais, j'essaye de décider ce qui t'énerve le plus chez moi. Que je puisse t'égaler dans les airs, que je sache comment m'amuser alors que ce n'est clairement pas ton cas, ou le fait que même si tu sembles tout détester chez moi, tu as quand même envie de me baiser à fond.

Panther enfonça ses doigts tellement fort dans le métal que le bout en devint blanc. Je pouvais voir une veine pulser sur sa tempe. Honnêtement, j'étais choqué qu'il ne m'ait pas encore mis son poing dans la figure. À ce stade, on savait tous les deux que je le méritais.

C'était comme si le type était fait de pierre. Et bordel, ce que je voulais me frotter contre lui !

— Est-ce qu'il ne t'est jamais venu à l'esprit que tout le monde ici ne pense pas avec sa queue ? Que certains d'entre nous sont là parce qu'ils sont fiers de servir leur pays et pas juste pour avoir un job de fou qui nous garantit du cul à chaque fois qu'on parle de notre métier ?

Panther me regarda ensuite de haut en bas. Quand ses yeux retournèrent à mon visage, il n'y avait rien de flatteur dans son regard. Il semblait peu impressionné et insensible. Si les jointures de ses mains n'étaient pas toujours blanches, j'aurais pu croire à son manque d'intérêt.

— Je suis arrivé ici grâce à mon travail acharné et ma détermination. J'ai dû faire mes preuves dix fois devant mes instructeurs et mon père pour avoir le droit de dire que j'ai ma place ici. Et maintenant, je suis coincé à faire le baby-sitter pour un gamin imprudent et immature qui ne peut pas faire ses preuves sans parler de sa verge ou de la taille de celle-ci. Est-ce que tu sais à quel point c'est rebutant ?

Il se pencha avant d'ajouter :

— J'ai peut-être eu envie de te baiser à fond hier soir, mais après dix secondes en classe ce matin, j'étais content que mon instinct à ton sujet ait été juste. C'est la différence entre suivre tes tripes et être prudent. Maintenant, à moins que tu ne t'excuses pour avoir foiré mon premier jour ici, dégage de mon chemin.

Chapitre 9

Panther

Je n'avais jamais été aussi en colère et humilié de toute ma vie. Premier jour dans la plus prestigieuse école d'aviation du monde et j'avais déjà été appelé dans le bureau de mon commandant et réprimandé pour quelque chose que je n'avais pas fait.

Génial. C'était foutrement génial.

Alors que je jetais mes gants dans mon casier, je fus content de voir que Solo semblait avoir finalement compris le message et décidé de me foutre la paix. Parce que je jurais sur tout ce qu'il y avait de sacré que j'avais été à deux doigts de foutre mon poing dans la figure de ce type – et ça ne me ressemblait pas du tout.

Mais bon sang, il y avait quelque chose de si exaspérant chez lui. Qu'il soit en train de se branler en utilisant des avions de soixante-dix millions de dollars comme des crayons dans le ciel ou en train de parler de choses que j'aimerais pouvoir oublier, Solo savait comment me foutre en rogne.

— Bordel de merde ! C'était le truc le plus épique que j'aie vu de toute ma vie, balança Gucci en débarquant dans le vestiaire suivi du reste des gars.

Il frappa son poing contre celui de Solo et ils commencèrent à rire tous les deux et à déconner comme si ce qu'il avait fait n'avait pas failli nous coûter nos places dans le programme.

— C'est sur tous les réseaux sociaux, mec !

Phantom fit défiler l'écran de son téléphone avant de le montrer à Solo dont le sourire s'élargit. Je le fusillai du regard. Quand il leva les yeux vers moi, son sourire devint hésitant. Il haussa ensuite les épaules et commença à régaler les autres avec son aventure « épique », mais je n'allais sûrement pas rester dans le coin pour ça.

Je fermai brusquement mon casier et ignorai les regards dans ma direction en quittant le vestiaire, Houdini sur mes talons.

— Hé, hé ! Attends !

Je ne ralentis pas, et remontai les couloirs pour prendre un déjeuner rapide avant le prochain cours.

— Alors qu'est-ce qui s'est passé ? Tu as eu des problèmes toi aussi ?

— Eh bien, je n'ai sûrement pas eu de point bonus.

Houdini grogna, attrapa un plateau en arrivant au mess et continua de me suivre.

— Tu dois bien reconnaître que ce type a le sens de l'humour.

— Plutôt des envies de suicide.

— Ouais, ça aussi. Plus il fait ce genre de conneries, plus je grimpe dans les rangs.

Je me retournai et lui jetai un regard noir.

— Et tu penses que ces conneries ne m'affectent pas ? Que ce petit numéro ne va pas me suivre jusqu'à la fin de mon temps ici ? Jusqu'à la fin de ma carrière ?

Je saisis un sandwich à la dinde dans la file d'attente et remplis mon assiette d'accompagnements.

— Ce n'est pas comme si tu avais fait quelque chose.

— Non, je suis juste le petit chanceux qui doit faire équipe avec un pilote suicidaire.

— Je ne voudrais pas dire «mieux vaut toi que moi», mais…

— Ouais.

Me forçant à respirer et à me calmer, j'avançai dans la file d'attente et payai pour mon repas. Houdini me rejoignit à un box, gardant le silence alors que ma colère retombait.

Mon père disait toujours qu'il était important de ne pas réagir à ce qui relevait de l'histoire ancienne, mais de se concentrer sur ce qui allait se passer ensuite. Tout arrivait trop vite dans le ciel, vous n'aviez le temps que de vous fier à votre entraînement et de réagir. Même si la petite blague de Solo ne faisait techniquement pas partie de cette mission, ça ne me ferait aucun bien de m'attarder sur ce qu'il avait foiré. Il n'y avait rien que je puisse faire à ce sujet maintenant. Toutefois, j'avais le sentiment que mon père aurait deux mots à me dire à propos de ce qui s'était passé.

Une fois mon sandwich terminé, Houdini continua :

— Tu crois qu'il le fait exprès ?

J'essuyai ma bouche et pris une gorgée de ma boisson.

— Quoi ?

— Solo. Tu crois qu'il se sabote volontairement ?

— Pourquoi quelqu'un ferait-il ça ?

— J'en sais foutre rien. Peut-être que ce qui est arrivé à son frère lui a fait perdre la tête.

Je réfléchis à ça un moment et haussai ensuite les épaules.

— Je ne vais pas rester assis là à essayer de comprendre le fonctionnement intérieur du cerveau de Solo et pourquoi il fait ce qu'il fait.

— J'étais juste curieux, c'est tout. Je n'ai jamais vu personne désobéir aux ordres le premier jour et être encore en vie le second.

— Il faut croire qu'il n'est pas seulement irresponsable, mais aussi chanceux.

Houdini m'observa, penchant la tête sur le côté.

— Tu n'aimes vraiment pas ce type, hein ?

— Mince, qu'est-ce qui m'a trahi ?

— Je ne t'ai jamais vu si énervé avant. Ça ne te ressemble pas.

— Tu essayes de me dire que tu ne serais pas énervé si tu étais à ma place ?

Houdini leva les mains.

— Ce n'est pas du tout ce que je dis, mais j'essaierais sûrement de tourner ça à la dérision. Une bite céleste ? Allez ! C'est carrément hilarant. Et créatif.

Je soupirai et repoussai mon plateau.

— Je ne suis vraiment pas d'humeur.

— Tu veux parler de ce qui te tracasse alors ?

En dehors d'Houdini, seule une poignée de personnes connaissaient les choses que je gardais secrètes. Je me demandai si je devais le mettre au courant pour Solo. Je savais qu'il ne dirait rien. Et bon sang, peut-être que ça m'aiderait d'avoir quelqu'un de mon côté, vu que mon binôme était maintenant un héros à cause de ce foutu pénis du ciel.

— Aujourd'hui, ce n'était pas la première fois que je le voyais. Solo.

J'attrapai mon verre et essuyai la condensation avec mon pouce.

— On a eu un accrochage. Ça ne s'est pas très bien passé.

— Et ?

— Fin de l'histoire.

— Oh, arrête ! C'est tout ce que tu me donnes ? Quel genre d'accrochage ?

— Le genre dans un bar où tu ne vas pas.

— Où je ne vais… Oh ! Oh, merde !

Houdini s'assit au fond de sa chaise, les yeux écarquillés.

— Il est gay ?

— Je ne pense pas qu'il était là pour les boissons et la décoration.

— Peut-être qu'il ne savait pas quel genre de bar c'était. Il n'est pas du coin, si ?

Je levai un sourcil et attendis de voir une ampoule s'allumer au-dessus de la tête d'Houdini. Cela ne prit que quelques secondes pour que la lumière se fasse.

— Il t'a dragué ? C'est ça, hein ? Tu l'as envoyé balader ? Non, attends, tu l'as baisé ? Tu l'as baisé et maintenant tu regrettes, c'est ça ? Bordel, je suis doué.

— Que les choses soient claires : je ne l'ai pas touché. C'est un non ferme et définitif.

— Je parie qu'il y avait d'autres trucs fermes dans ce bar ce soir-là, lança Houdini avec un clin d'œil.

— Tes blagues sont de pire en pire, tu le sais, hein ?

— N'essaye pas de détourner la conversation. On arrivait enfin aux trucs croustillants.

— C'est ce que mon supplice représente pour toi ? Des trucs croustillants ?

Houdini prit une bouchée de son sandwich aux boulettes de viande et haussa les épaules.

— Tu dois reconnaître que c'est juteux comme histoire. Maintenant, arrête de gagner du temps et crache le morceau.

Je soupirai et essayai de me souvenir pourquoi lui en parler était une bonne idée.

— Il n'y a aucun morceau à cracher, juteux ou non. Il m'a approché…

— Je le savais, il t'a carrément dragué.

— Je lui ai dit « merci, mais non merci », fin de l'histoire.

Houdini mâcha une autre bouchée de nourriture avant d'avaler.

— Sauf que ce n'était pas la fin.

— Exactement.

— Putain, mec. C'est mieux qu'un feuilleton télé. Dis-moi, est-ce qu'il t'a reconnu à la seconde où vous vous êtes revus ?

— Eh bien, il n'est pas aveugle, donc la réponse est oui.

— Mais attends un peu, si c'est lui qui t'a dragué et que *tu* as dit non, pourquoi tu es si énervé ? À moins que…

Houdini hocha la tête comme s'il pensait à quelque chose.

— Est-ce qu'il veut toujours caresser la panthère ?

Que Dieu me protège d'Houdini et de son humour de merde !

— Caresser la panthère ? Vraiment ?

— Est-ce que « câliner » aurait été mieux ?

— Rien n'aurait été mieux. Mais merci, maintenant j'ai cette image en tête.

— De rien. Alors, quel est le problème ? Il veut te baiser et toi… non ?

À l'évaluation brutale de la situation par Houdini, les mots me manquèrent.

— Ou peut-être que *si* ? C'est ça ? Je veux dire, du point de vue d'un hétéro, je peux comprendre l'attrait. Solo est canon.

Oh, bordel de Dieu !

— Arrête de parler ou je jure sur la tête de ma mère que je vais t'enfoncer le reste de ton sandwich dans la gorge.

— Aaah, alors c'est ce que tu aimes, hein ?

Alors que j'allais attraper son assiette, Houdini la tira hors de portée.

— Allez, je te charrie. Mais sérieusement, si coucher avec Solo peut te redonner le sourire, je dis banco. Il n'a pas l'air d'être le genre à rechercher une relation longue durée, si tu vois ce que je veux dire.

— Mais il est le genre grande gueule.

Je soupirai et me frottai la mâchoire.

— Il y a une raison pour laquelle je ne sors avec personne dans l'armée : ça deviendrait trop compliqué. Et Solo est un problème ambulant à lui tout seul.

— Je comprends, mec. Je me disais juste que ça pourrait soulager un peu cette tension entre vous.

— La seule tension entre nous tient au fait qu'il agit comme un adolescent qui essaye de prouver que sa queue est plus grosse que celle des autres.

Alors qu'Houdini ouvrait la bouche pour répondre, je pointai un doigt sur lui et dis :

— Si tu parles encore une fois de ce pénis céleste…

Il sourit comme un idiot avant de retourner à son sandwich. La seule chose à laquelle je pouvais penser était comment j'allais pouvoir survivre non seulement à la compétition et à l'entraînement, mais aussi au fait d'être associé avec quelqu'un qui jetait aux orties ma concentration habituelle.

Chapitre 10

Solo

Avec le recul, le pénis du ciel n'était probablement pas le meilleur moyen de démarrer mon premier jour, mais je ne regrettais pas. Même pas un peu. Comment le pourrais-je alors que ça avait agacé Panther d'une manière si délectable ? Après le fait de finir premier de l'académie, provoquer Panther s'était maintenant hissé au deuxième rang de ma liste. Il y avait plusieurs raisons à ça : premièrement, il était trop canon pour que je le laisse tranquille, et deuxièmement, n'importe quelle distraction serait bonne pour lui faire perdre sa concentration, ce qui m'aiderait à lui botter le cul. Non pas que j'en aie besoin.

Le reste de la journée se passa sans encombre, avec seulement quelques cours théoriques. Je me rendis ensuite avec Gucci dans un bar voisin – et, oui, le léger contour de ma bite céleste était toujours visible, ce qui apparemment énervait assez la population locale pour que la camionnette de la chaîne d'infos fasse une apparition alors que je m'en allais. Malheureusement, la Navy ne voulait pas lâcher le nom du responsable – *moi* – donc les interviews télévisées étaient exclues. Dommage.

Je fis vrombir le moteur de ma Yamaha YZF-R1 rouge rubis pendant que j'attendais au feu tricolore. Dès qu'il passa au vert, je décollai en faisant rugir l'engin. Après avoir quitté le bar, j'avais jeté un coup d'œil au coucher du soleil et décidé qu'une virée le long de l'océan serait une fin parfaite à une journée du tonnerre. C'était si ouvert ici : rien d'autre que le ciel, l'eau et les collines au loin. Rien de semblable à certains lieux oppressants que j'avais visités pendant mes voyages. Si jamais je décidais d'avoir un port d'attache, je pouvais m'imaginer dans un endroit comme celui-là. Non pas que j'aie envie de m'attacher quelque part de sitôt. Non, je préférais de loin la liberté de ne jamais savoir où j'allais me retrouver ensuite. Certains appelaient ça une existence solitaire… et bon sang, peut-être que c'était le cas. Mais le positif dans le fait d'être seul, c'était qu'il suffisait d'entrer dans un bar pour trouver de la compagnie.

Quand le soleil s'immergea enfin dans l'eau et que la nuit tomba, je retournai à la caserne. Il ne m'avait pas fallu longtemps pour emménager, vu que j'étais venu avec rien de plus qu'un sac de sport surdimensionné. Au moins, je n'avais pas besoin de m'inquiéter de partager l'espace avec un coloc. Non, les Élites avaient leur propre chambre, un sérieux avantage après des années à partager des lits superposés. Ça ne m'aurait pas dérangé d'avoir Panther comme coloc, même si j'aurais probablement dû ne dormir que d'un œil pour surveiller qu'il ne m'étouffe pas avec un oreiller au milieu de la nuit.

Je ralentis à un stop en passant la sécurité menant à la base. Je bifurquai ensuite en direction des baraquements de plain-pied qui allaient être ma maison pour les prochaines semaines. Il y avait une bécane de malade déjà garée à un emplacement près de ma chambre. Je me stationnai à côté, la détaillant tandis que je coupais le moteur.

Bordel, c'était une moto sportive racée. Une Ducati 848 noire en parfait état. Après être descendu de mon engin et avoir enlevé mon casque, je fis le tour de cette beauté.

Ça ne se faisait pas de toucher la bécane d'un autre homme – ou femme –, mais bon sang, ce que j'avais envie de passer ma main sur la peinture brillante avant de l'emmener sur l'autoroute pour voir ce dont elle était capable.

Je contournais l'avant de cette putain de machine quand j'aperçus une porte qui s'ouvrait. Et comme par hasard, entre tous, c'est Panther qui en sortit.

Je n'étais pas sûr de ce que ça disait de moi, mais quand ses yeux me repérèrent debout à côté de ce que j'imaginais désormais être sa moto et qu'une grimace passa sur son visage, ma queue tressauta dans mon jean.

Évidemment qu'elle lui appartenait ! Comme si le type n'était pas déjà assez sexy. L'imaginer chevaucher ce bébé suffit pour que ma verge passe d'intéressée à dure comme du bois en un instant.

Panther s'avança et me fixa à l'endroit où je me tenais. Aucune plaisanterie ne fut échangée, juste un duel de regards qui ne faisait rien pour freiner mon désir de me rapprocher de lui.

Le type était juste si intense, si sérieux tout le temps. Quand il se dirigea vers la place de parking où j'étais et s'arrêta devant moi, je ne pus résister au besoin de lui envoyer une pique – vu que j'étais un vrai masochiste.

— Je vois que tu aimes avoir quelque chose d'agréable et d'épais entre tes jambes à l'occasion. Bon à savoir. Je commençais à me dire que tu t'étais aventuré dans le mauvais bar hier soir.

Panther ne dit rien, les bras croisés, campé sur ses deux jambes, son tee-shirt noir magnifiquement tendu sur le torse sur lequel je fantasmais depuis que je l'avais rencontré la nuit précédente.

— Bon, j'étais plutôt certain que tu ne t'étais pas trompé vu la façon dont tu m'as plaqué contre le mur du fond. Mais après ton petit déni aujourd'hui, c'est sympa de savoir que je n'ai pas tout imaginé.

Ses yeux se plissèrent. Quand il fut clair qu'il n'allait pas mordre à l'hameçon, je reportai mon attention sur la moto.

— Elle est vraiment belle.

Je n'étais pas sûr de savoir à quoi m'attendre de sa part à cet instant. Peut-être un «Ne t'approche pas de ma moto». Mais quand Panther lâcha «Qu'est-ce qui te fait penser que c'est *elle*?», je manquai de me retrouver sur le cul.

Je penchai ma tête sur le côté pour être certain d'avoir bien entendu. Mais comme avant, il n'y avait pas d'air suffisant sur son visage, pas de sourire narquois sur ses lèvres. Il se tenait là, aussi immobile qu'une statue et tout aussi distant. Si je ne l'avais pas entendu de mes deux oreilles, j'aurais pu penser que je l'avais inventé juste pour me tourmenter moi-même.

— Alors tu me dis que cette bécane méchamment canon que tu chevauches tous les jours est un *il*.

Panther me parcourut du regard et pivota ensuite pour caresser le dessus du réservoir.

— Je ne te dirai rien.

— Où est le plaisir dans tout ça?

Il me jeta un coup d'œil par-dessus son épaule. L'espace d'une seconde, je vis la même lueur dans ses yeux que la veille. Il cligna ensuite des paupières et la lueur disparut.

— Le plaisir, c'est que ça t'embête de ne pas savoir.

— Eh bien, ce n'est pas comme si tu étais super subtil à ce sujet.

— Est-ce que tu sais seulement ce que le mot «subtil» signifie?

Je haussai les épaules et glissai mes mains dans mes poches.

— Bien sûr. Je peux être subtil.

J'orientai ensuite mon regard à l'endroit où son pantalon moulait son cul incroyable.

— J'aime beaucoup ton jean. Il est parfaitement ajusté.

— C'était subtil, ça?

— Eh bien, ouais. Ce que je voulais vraiment dire, c'est que ton cul est l'un des plus beaux que j'ai jamais vus. Tu vois? Subtil.

Panther me dévisagea avant de secouer la tête.

— Tu vas faire ça pendant tout le temps qu'on sera ici ?

— Pourquoi pas ? J'ai hâte que tu joues le jeu.

Je réalisai ensuite quelque chose et regardai par-dessus l'épaule de Panther la chambre qu'il venait de quitter.

— C'est ta chambre ou je devrais être jaloux ?

Il croisa ses bras et sourit.

— Ce ne sont pas tes affaires.

— Oh, mais c'est là que tu te trompes, répliquai-je.

Je fis courir mes doigts sur le siège de sa moto. Je ne me sentais pas mal d'y toucher maintenant que son propriétaire se tenait à quelques centimètres, même s'il surveillait de près tous mes mouvements.

— Je suis dans la chambre d'à côté.

Il ne m'offrit aucune réaction, mais pas parce que ça ne l'affectait pas. J'étais sûr de ça.

— Et alors ? rétorqua-t-il.

— Ça me semble bien pratique. Partenaire en classe, voisin de chambre…

Panther haussa les épaules.

— Une coïncidence.

— Ou le destin.

— Étant donné que nous sommes vingt, ça ne laisse pas beaucoup de chambres ou d'espace.

— Alléluia, bordel, lâchai-je en faisant le tour de la moto, plus près de l'endroit où Panther se tenait, immobile. Tu penses qu'on a des portes communicantes ?

— Non.

— C'est dommage. Peut-être que je pourrais creuser un judas. Tu sais. Pour garder un œil sur… tout.

Ce que Panther fit ensuite me laissa bouche bée. Il se mit à rire. À rire, putain.

Chapitre 11

Panther

C'était incroyable à quel point quelques bières pouvaient aider à se détendre. Après notre dernier cours, je m'étais rendu dans ma chambre, attendant l'inévitable coup de fil cinglant de mon père. Hors de question de le recevoir en public. J'avais donc ouvert quelques bouteilles. Après quelques heures passées dans le silence et grisé par l'alcool, les événements de la journée n'étaient plus qu'un lointain souvenir.

Du moins pour le moment.

Alors quand Solo avait fait la blague au sujet du judas, je n'avais pas pu m'empêcher de rire. Le type était tellement ridicule que je n'avais pas pu faire autrement. *Ridiculement beau aussi*, ajouta la voix dans ma tête. C'était dommage que le mec qui dessinait des pénis dans le ciel et se comportait comme un connard rebelle qui n'en avait rien à foutre soit celui qui mettait ma queue au garde-à-vous, attentive.

Au moment où Solo contourna l'arrière de ma moto pour s'arrêter vers la sienne, je pus regarder attentivement l'engin qui lui allait comme un gant. Une Yamaha rouge sportive qui semblait pouvoir distancer n'importe quoi sur la route. Ajoutez à ça son propriétaire – cheveux bruns ébouriffés et sexy à cause du casque, une veste en cuir cintrée et un jean qui lui descendait bas sur les hanches – et vous obteniez un dangereux cocktail.

— Est-ce que c'est un *rire*? demanda Solo en haussant un sourcil. Je ne pensais pas que tu savais faire ça.

— Peut-être que je ne te trouve pas aussi drôle que les autres.

— Ou peut-être que tu souffres d'un manque de sens de l'humour handicapant.

— Je me rattrape dans d'autres domaines.

Les yeux de Solo pétillèrent.

— Lesquels ?

— Tu aimerais bien le savoir, hein ?

— Oui, c'est pour ça que je demande, rétorqua-t-il en se désignant du doigt. Pas subtil, tu te rappelles ?

— Je ne crois pas que je pourrais oublier.

— Bien. Alors mission accomplie, continua-t-il en remuant ses sourcils. Tu ne pensais pas que mon effigie dans le ciel aujourd'hui n'était que pour Gucc', hein ?

Bon sang, il fallait que je m'éloigne de lui. Et sur-le-champ, parce que même si je me sentais détendu, son flirt commençait à m'atteindre.

— Si c'est vrai, alors tu devrais peut-être voir un médecin, parce que c'était un peu de traviole en bas.

Solo me lança son sourire de briseur de cœurs.

— Ou *tu* pourrais juste vérifier pour moi ?

Devant cette offre alléchante, je reculai et secouai la tête.

— Hors de question.

Quand Solo me suivit, je fis un autre pas en arrière. J'avais laissé faire trop longtemps. J'avais besoin de distance, et vite.

— Pourquoi pas ?

Décidant que la meilleure chose à faire était de ne rien dire, je tournai les talons, prêt à filer jusqu'à ma chambre, celle qui partageait un mur avec l'homme qui était à fond sur moi. Enfin, pas sur moi, mais… qui en avait après moi. Il n'y aurait pas de scénario dans lequel Solo se retrouverait *sur* moi. Ni maintenant, ni jamais.

— Panther ?

Je savais que je devrais continuer d'avancer. Aller à l'intérieur, fermer la porte et la verrouiller pour faire bonne mesure. Mais que me fit faire mon crétin de cerveau ? Je m'arrêtai et me retournai – et le regrettai immédiatement.

Solo était maintenant sur le trottoir, face à moi. Ses yeux magnifiques se verrouillèrent aux miens comme s'il attendait que je réponde. Mais tout ce que je pouvais faire, c'était regarder ses lèvres pleines qui étaient si proches que tout ce que j'avais à faire, c'était tendre la main et l'attraper pour avoir un avant-goût.

Avec n'importe qui d'autre, n'importe où ailleurs, je l'aurais fait. Je n'aurais pas pu résister. Mais le grondement lointain d'un avion qui décollait me rappela qui nous étions et où nous nous trouvions.

— Quoi ?

— Est-ce que tu peux au moins admettre, pour une seconde, que je t'excitais autant que toi, tu m'excitais, hier soir ?

Je le regardai un moment, me demandant quel était son angle d'attaque, parce qu'avec Solo, il y en avait toujours un.

— Pourquoi ? Ça ne te mènera nulle part. Et certainement pas derrière cette porte.

Les lèvres de Solo, ces lèvres pécheresses, s'incurvèrent, faisant palpiter ma queue un peu plus fort. Bon sang, il était canon. J'avais du mal à détourner le regard.

— C'est là que tu te trompes. Ça va totalement me faire décoller. Mais devine quoi ?

Putain, je n'étais tellement pas équipé pour gérer quelqu'un comme lui dans ma vie de tous les jours. En dehors du travail, putain, ouais. Il serait sans aucun doute le coup le plus torride de ma vie. Mais ici, au travail, il était une tentation qui m'attirerait des tas d'ennuis.

— Ce soir, quand je vais crier ton nom, tu seras capable de m'entendre, Grant.

Avec un clin d'œil destiné à rendre mon membre douloureux, Solo se dirigea d'un pas nonchalant jusqu'à sa porte, la déverrouilla et regarda à l'endroit où ma petite personne était restée devant la porte.

— N'hésite pas à crier *Mateo*, si tu veux, parce que quand il s'agit de… jouir, je n'aime vraiment pas être Solo.

Chapitre 12

Solo

— Hé, Solo ! Ramène ton cul !

Je pouvais entendre la voix de Gucci par-dessus la musique assourdissante tandis que je me dirigeais vers la plage où mes collègues étaient rassemblés pour une soirée « feu de camp ». Après la première semaine d'entraînement, il était temps de se lâcher. La fête de ce soir était notre première possibilité de passer du temps ensemble en dehors des murs de la NAFTA. Personnellement, j'étais plus intéressé par mater un Panther à moitié nu, mais j'allais jouer le jeu pour les autres pendant quelques heures.

Je posai ma serviette vers une glacière avant de m'approcher de l'endroit où Gucci installait de longs bâtons rouges dans le sable.

— J'ai besoin de toi dans mon équipe, dit-il en enfonçant profondément l'un des bâtons et en recouvrant sa base de sable pour qu'il tienne droit.

— Mais qu'est-ce que tu fais ?

Gucci attrapa quelques gobelets en plastique et se redressa.

— Ce jeu est appelé «Flick n sticks[5]». Ces gobelets se placent à l'envers sur le dessus des bâtons. Nos opposants essayent de les faire tomber. S'ils y arrivent, ils marquent un point, mais seulement si on ne rattrape pas le gobelet avant qu'il touche le sol. Tu vois?

Je jetai un coup d'œil à l'endroit où Houdini et Whiplash étaient en train de faire la même chose de leur côté.

— Et qu'est-ce qu'on utilise pour faire tomber les gobelets?

— Ça.

Gucci brandit un frisbee et je ricanai.

— S'il te plaît, dis-moi que c'est un jeu à boire.

— On en fait bien ce qu'on en veut.

Je souris et lui tapai dans la main avant de retourner où j'avais laissé ma serviette. Je tirai ensuite la glacière à l'endroit où on s'était installés. Quelques gars étaient occupés à construire le feu de camp pour plus tard, une bande de filles à leurs côtés. D'autres mecs étaient dans l'eau ou en train de profiter des derniers rayons du soleil. Je ne vis Panther nulle part au départ, mais je remarquai ensuite quelqu'un émerger des vagues, ses cheveux noirs luisant. J'en eus l'eau à la bouche.

Merde. Un Panther trempé allait peut-être être trop pour moi, du moins devant les autres.

Avant que ma queue ne réagisse à sa vue, j'attrapai une bière dans la glacière, fis sauter la capsule et descendis la moitié de la bouteille. Ce soir allait être un test de retenue. Je pouvais le sentir. Panther s'était assuré que nous n'étions jamais seuls après notre premier jour. J'avais donc dû me contenter de le reluquer de loin, emmagasinant des images mentales à me repasser le soir. Et même si c'était vraiment torride, j'attendais avec impatience le moment où je pourrais avoir un aperçu de l'original.

---

5 Le Flick n sticks est un jeu de plage typiquement originaire des États-Unis. Littéralement, «flick» est ce mouvement rapide du poignet qui sert à lancer un frisbee et «sticks» signifie «bâtons».

— Vous êtes prêts ou quoi ? appela Houdini.

Je posai ma bière et enlevai mon tee-shirt, ne gardant que mon short de plage.

— Très bien, allons-y.

Gucci frappa mon poing avec le sien et nous nous préparâmes derrière les bâtons.

— Les dames d'abord, lança Houdini en tendant le frisbee à Whiplash qui leva les yeux au ciel.

— Va te faire foutre.

Elle le lança si fort et si vite qu'il fit tomber le gobelet le plus proche de Gucci sans qu'il ait le temps de l'attraper.

Houdini regarda sa partenaire bouche bée. Ses yeux descendirent ensuite le long de son corps recouvert uniquement d'un bikini et d'un court short en jean.

— Euh… c'était…

— Sexy ? Badass ? demanda-t-elle. Je sais. Pas besoin d'avoir l'air si surpris.

J'échangeai un regard avec Gucci qui signifiait qu'Houdini ne savait pas dans quoi il s'aventurait avec celle-là. Mon partenaire lança ensuite le frisbee, visant le gobelet près d'Houdini qui bloquait toujours tellement sur Whiplash qu'il laissa le verre tomber au sol.

— On joue ou quoi ? criai-je.

Houdini sortit enfin de sa transe, permettant au jeu de commencer. On jouait chacun à notre tour et quand les gobelets s'envolaient, on plongeait dans le sable pour les rattraper avant qu'ils touchent le sol. Whiplash était une bête à ce jeu, tout comme nous, mais le pauvre Houdini n'arrivait pas à s'empêcher d'être distrait par sa partenaire, ce qui semblait la frustrer de plus en plus au fur et à mesure que le jeu progressait.

— Mais c'est pas vrai ! finit-elle par crier quand Houdini manqua un gobelet. Il me faut un nouveau coéquipier. Hé, Panther, viens montrer à ton pote comment on se sert de ses mains.

— Je sais me servir de mes mains, grommela Houdini.

Toutefois, je ne lui prêtais plus attention parce que Panther sortait de l'eau, son short de bain moulé à son corps. Il passa la main dans ses cheveux tandis que les vagues s'écrasaient sur ses chevilles. Bon sang, cet homme était irréel. Je fis attention à ne pas laisser ma mâchoire se décrocher alors que je contemplais chaque centimètre humide de sa personne. J'aurais continué de le fixer si Gucci n'avait pas toussé, me forçant à détourner le regard.

— Tu as des problèmes de trajectoire, Houdini ?

La voix de Panther nous parvint alors qu'il s'approchait. Si je pensais que ne pas le regarder allait calmer l'élancement soudain entre mes jambes, savoir qu'il venait dans cette direction et que j'allais devoir l'affronter ne fit rien pour m'aider à me tenir.

OK, mauvais choix de mots. À ce moment précis, j'aurais vraiment eu besoin d'une minute pour me *tenir*. Puisque ce n'était pas envisageable, il semblerait que j'allais devoir mettre ma foutue queue au pas.

— Alors, quel est le but du jeu exactement ? demanda Panther en s'approchant de Whiplash qui lui tendit le frisbee.

— Tu vises les bâtons avec ça et tu essayes de faire tomber le gobelet dans le sable.

À ce moment, j'étais relativement sûr d'être suffisamment présentable pour me retourner et me joindre à la conversation. Sans compter que je n'allais pas laisser passer l'opportunité d'emmerder mes opposants. J'orientai mon regard en direction de Panther et tendis la main pour caresser le bâton juste devant moi.

— Ouais, Panther. Concentre-toi sur mon bâton.

Gucci ricana à côté de moi tandis que Whiplash grognait. Panther, décontracté comme toujours, glissa ses mains sur le frisbee et visa le poteau dans le sable. Moins d'une seconde plus tard, sa main jaillit et il envoya le disque voler dans l'air. Cependant, au lieu de taper dans le bâton juste devant moi, il frappa dans celui de Gucci, envoyant son gobelet voler par-dessus la tête de ce dernier et jusque dans le sable.

— Oh ouais ! cria Whiplash en levant le poing en l'air. Voilà, là on cause !

Panther me lança un sourire arrogant.

— J'ai préféré me concentrer sur celui qui avait le plus gros bâton. Désolé, ce n'était tout simplement pas toi.

Whiplash éclata de rire.

— Peut-être le plus gros ego…

Je haussai les épaules en souriant. Alors c'était comme ça qu'il voulait la jouer, hein ? Si Panther pensait que j'allais m'énerver ou me sentir offensé par sa petite pique, il allait avoir un choc. Je ramassai le frisbee et regardai les deux qui jubilaient de l'autre côté.

— Peut-être qu'il est temps de te montrer qui a le plus gros bâton ici. Parce que je dois dire que je connais Gucc' depuis longtemps et…

— Hé, mec ! Pas cool.

— Tu sais que c'est vrai.

Alors que Whiplash faisait semblant d'avoir des haut-le-cœur, Panther croisa les bras sur son torse puissant et pencha la tête de façon arrogante, comme s'il me défiait.

— Est-ce que vous allez bientôt vous taire et jouer ou vous allez continuer à parler ?

Bien, c'est parti, putain. Quand j'en aurais fini, il n'y aurait plus de doute sur qui avait le plus gros bâton. Et ça ne serait pas Gucci.

Chapitre 13

Panther

Cinq parties plus tard, nous bottions le cul de Solo et Gucci. Je n'étais pas fier de l'admettre, mais j'avais utilisé le fait que Solo ne pouvait pas détacher ses yeux de moi à mon avantage. Mais hé, qu'est-ce que je pouvais dire ? J'étais ici pour gagner et après notre cinquième victoire, Gucci avait hissé le drapeau blanc en signe de reddition.

— OK, j'abandonne, cria-t-il. J'ai mal au cul après la raclée que vous venez de nous mettre.

En entendant les mots de Gucci, mes yeux se portèrent sur Solo, qui leva la bouteille de bière qu'il avait à la main jusqu'à sa bouche. Il prit une longue gorgée avant de répliquer :

— Parle pour toi. Moi, j'aime bien le sentir le lendemain. Ça me rappelle que j'ai tout donné.

Le type était si flagrant avec ses remarques que je dus regarder autour de nous pour m'assurer que personne n'allait réagir – ou pire, lui botter le cul. Mais lorsque tout le monde rigola avant de vaquer de nouveau à ses occupations, je ne pus m'empêcher de me demander ce que ça ferait de me sentir aussi bien dans ma peau. Ne serait-ce que pour une journée.

Alors que nous nous dirigions tous vers la plage où le feu de camp brûlait désormais vivement, j'aperçus Solo et Gucci en train de parler avec Utah. Tous les trois étaient en train de rire à propos de quelque chose que l'un d'eux avait dit. Quand Utah commença à dessiner quelque chose dans l'air avec le bout de son doigt, pas besoin d'être un génie pour comprendre que la conversation s'était orientée sur la légende qu'était devenu le pénis céleste.

C'était incroyable de voir comment un acte de rébellion semblait avoir consolidé le statut de dieu vivant de Solo, et moi en tant que déception – du moins, en ce qui concernait les instructeurs. Après ce premier jour, il y avait eu un net changement dans la façon dont mes commandants me traitaient. Même si je savais que je n'avais rien fait de mal, je pouvais sentir qu'ils me jugeaient.

J'avais essayé de laisser tomber, de passer à autre chose. Mais après ce premier jour, j'avais mis un point d'honneur à être attentif, à effectuer mes vols au mieux de mes capacités, à m'en aller et retourner dans ma chambre avant que Solo n'ait la chance de me coincer et de commencer quelque chose.

Certains auraient pu voir ça comme une façon de prendre la fuite, mais je le voyais plus comme un instinct de conservation. Le gars était dangereux pour mon bien-être. Sans compter mon existence. J'avais besoin d'être à cent pour cent verrouillé et concentré sur mon objectif. Voler. Gagner. Me prouver à moi-même que j'étais destiné à être ici. Le problème était que la seule chose sur laquelle je semblais capable de me verrouiller ces derniers temps, c'était cet homme superbe qui me dévisageait à l'instant de l'autre côté du feu de camp.

Avec les flammes vacillant entre nous, je ne pouvais m'empêcher de remarquer la façon dont la lumière dansait sur la peau douce et hâlée de Solo. Il était resté torse nu, comme la plupart d'entre nous, l'air chaud de l'été nous incitant à en profiter au maximum.

Certains des gars avaient trouvé des femmes volontaires pour passer du bon temps. Alors qu'ils profitaient d'une liberté que je ne pouvais pas avoir, je me demandais ce que ça ferait si je pouvais simplement me diriger vers Solo et l'entraîner derrière une des dunes.

Il ne protesterait pas, j'en étais sûr à cent pour cent. Mais la simple pensée de quelqu'un découvrant le secret que j'avais si bien gardé, de ce genre de rumeur arrivant aux oreilles de mon père, me fit attraper mon tee-shirt avant de le passer par-dessus ma tête.

Une fois entièrement habillé, je jetai un nouveau coup d'œil rapide en direction de Solo et le surpris à me regarder attentivement. Il tenait une bière d'une main pendant que l'autre était dans sa poche. Alors qu'il m'observait des pieds à la tête, il passa sa langue sur sa lèvre inférieure pleine d'une façon qui rendit ma verge douloureuse.

Putain, il était torride. Plus torride que les flammes qui brûlaient entre nous. Quand il ramena ses yeux sur les miens avec un sourire, je sus que je devais me barrer de là.

Avec Houdini occupé, ayant fait comprendre à tout le monde de ne pas s'approcher de Whiplash, je fus capable de partir sans que personne ne s'en aperçoive. Enfin, presque personne. Je pouvais sentir le regard de Solo sur moi alors que je chevauchais ma moto et en démarrais le moteur.

Avec un peu de chance, il resterait là et trouverait un mec lambda à baiser. Je ne voulais pas penser à ça, mais c'était mieux comme ça. Il était clair que l'attraction entre nous ne mènerait nulle part et il fallait que je reste éloigné de toute tentation de toute façon.

Pendant que j'étais perdu dans mes pensées, j'entendis le ronronnement d'une moto. Je regardai dans mon rétroviseur pour voir Solo me rattraper.

Merde. Mais bordel qu'est-ce qu'il fout ?

Le problème, c'était que je savais parfaitement ce qu'il faisait et que c'était ce que j'essayais d'éviter. Bon sang, est-ce que quelqu'un nous avait vus quitter la soirée à peu près en même temps ? Que pensait-il qu'il allait se passer en me suivant ? Que j'allais tomber à ses pieds parce que tout le monde était à la plage ? Peut-être que c'était son mode opératoire, mais ce n'était pas comme ça que je fonctionnais. Ni maintenant, ni jamais.

Je mis les gaz, roulant à toute vitesse dans les rues. Et si j'avais espéré le semer, il était clair que je n'allais pas avoir cette chance. Solo resta sur mes talons sans flancher une seconde. Nous volions à travers la nuit, nous faufilant dans la circulation si aisément qu'on aurait pu croire que nos mouvements étaient chorégraphiés. Sur le moment, j'essayai de ne pas penser à la confrontation imminente et de me concentrer sur la puissance pure de ma moto et sur le vent sur ma peau. Peut-être que je devrais rouler toute la nuit, garder mes distances jusqu'à ce que le soleil se lève.

Mon subconscient semblait néanmoins avoir le contrôle et avant que je m'en rende compte, je tournais dans la base. Après avoir passé la sécurité, je ralentis jusqu'à rouler au pas, peu désireux d'attirer l'attention. Cependant, Solo passa devant moi en trombe, regardant derrière son épaule, le menton levé.

Qu'est-ce que ça pouvait bien vouloir dire, bordel ? S'il essayait de faire la course, il l'aurait fait avant. S'il pensait que j'allais le suivre, il avait perdu la tête.

Mais je le suivis bel et bien, involontairement, parce que quand je bifurquai dans nos quartiers, Solo était là, sa moto tournant au ralenti entre ses cuisses, comme s'il était prêt à repartir à tout moment si jamais je faisais demi-tour.

Je me garai sur mon emplacement à côté du sien, maudissant en silence les dieux du logement qui nous avaient placés ensemble. Sans couper le moteur, je détaillai Solo qui me rendit mon regard, bien qu'avec son casque, je ne puisse voir son visage. Néanmoins, j'imaginais qu'il devait avoir l'air diablement arrogant comme s'il pensait quelque part avoir gagné en me rejoignant ici. Toutefois, s'il avait pu voir à travers mon casque, il aurait probablement pris son pied en contemplant l'air renfrogné que j'arborais toujours quand il était dans les parages.

Pendant un long moment, aucun de nous ne fit un geste. Coincés dans une confrontation que nous voulions tous les deux gagner.

C'est ce qu'il veut. Ton temps. Ton attention. Tes yeux sur lui…

Putain, non.

Sur ce, je secouai la tête et coupai le moteur.

Chapitre 14

Solo

En un clin d'œil, Panther était descendu de sa moto et se trouvait à mi-chemin de sa chambre.

Je n'étais pas stupide. Je savais que soixante pour cent de sa personne ne voulaient pas que je le suive. Mais ces quarante autres pour cent ? Ils me suppliaient de passer à l'action.

Je l'avais observé me regarder quand il pensait que je ne le voyais pas, même s'il était définitivement… quel était ce mot qu'il avait utilisé pour moi ? *Subtil.*

Heureusement que je pouvais lire entre ses lignes subtiles pour voir qu'il jouait le type inaccessible.

Les clés de Panther étaient dans la serrure quand j'arrivai près de lui, mais avant qu'il ne puisse disparaître à l'intérieur, je me glissai dans l'espace entre lui et la porte. Il recula et secoua la tête.

— Tu n'abandonnes jamais, hein ? déclara-t-il.

— Pas quand je vois quelque chose que je veux.

— Même si ce quelque chose ne te veut pas en retour ?

Un sourire incurva doucement mes lèvres.

— Oh, il me veut.

Panther regarda alentour, paranoïaque même s'il régnait un silence de mort dans la caserne, personne n'étant dehors à cette heure tardive. Il ne croisa pas mon regard de nouveau, se concentrant à la place sur le casque dans sa main.

— Tu aurais dû rester à la plage.

— Aucune raison si tu n'y es pas.

Il redressa alors la tête.

— Il faut que tu laisses tomber. Je ne baise avec personne sur la base…

— Alors, quittons la base…

— Tu ne comprends vraiment pas, hein ?

— Je ne suis pas fou. Je comprends ce que tu dis, mais tes yeux me disent autre chose.

Puis je baissai la tête d'un air entendu.

— Et ton corps aussi.

Mon dos toujours collé contre sa porte, je décidai de tenter ma chance. La poignée tourna facilement et je me retrouvai à la pousser et à pénétrer dans la chambre alors qu'un air de panique traversait le visage de Panther.

— Si tu imagines une seconde que je vais t'inviter à l'intérieur, tu risques d'être déçu.

— Alors qu'est-ce que tu vas faire, rester dehors toute la nuit ?

— Non. Tu vas dégager de ma chambre et retourner dans la tienne.

Je me tournai et balayai des yeux les quartiers de Panther avant de me tourner de nouveau vers lui.

— Eh bien, bravo pour ton esprit d'équipe. Moi, je veux créer des liens avec mon partenaire, apprendre à mieux le connaître pour qu'on puisse mieux travailler ensemble, et toi, tu te montres carrément hostile.

Panther jeta un coup d'œil le long de notre bâtiment, mais il n'y avait toujours personne. Ses yeux bleus perçants revinrent alors sur les miens.

— Est-ce que tu trouves que j'ai l'air stupide ?

— Honnêtement ? Non. Tu as l'air de quelqu'un que j'aimerais déshabiller et baiser. Je ne m'intéresse pas vraiment aux gens stupides.

Ses doigts se resserrèrent autour de son casque. Je n'en étais pas certain, mais j'avais la vague impression qu'il pensait à me le balancer dessus.

— Sors de ma chambre.

Ne demandez pas ce qui me posséda à cet instant – peut-être le souvenir d'un Panther à moitié nu sortant à grands pas des vagues déferlant sur la plage – mais je retroussai les lèvres et reculai en secouant la tête.

— Non.

— Solo, siffla Panther entre ses dents serrées, alors que je m'arrêtais au bout de son lit et laissais mes yeux errer sur sa surface.

— Tu sais, je crois que ton lit est plus grand que le mien…

— *Solo*. Dégage de ma chambre.

Je reportai mon attention à l'endroit où il se tenait toujours près de la porte et posai mon casque sur le bureau.

— Je vais te dire : pourquoi tu ne viendrais pas ici pour m'y obliger ?

Panther me dévisagea comme si j'avais perdu la tête. C'était peut-être le cas vu que je tenais sa chambre en otage.

— Je ne rentrerai pas tant que tu ne seras pas sorti de là.

— Pourquoi ? Tu as peur ?

— Que je finisse par te tuer et me retrouver en prison ? Oui, j'ai définitivement peur de ça.

Je penchai ma tête sur le côté et frottai mon menton d'une main.

— Tu sais ce que je pense ?

— Il n'y a pas assez d'argent dans le monde pour me donner envie de deviner.

Je souris et commençai à retourner jusqu'à la porte, là où Panther persistait à rester.

— Je pense que tu as peur de venir à l'intérieur parce que tu sais qu'à la minute où cette porte se refermera, tu n'auras plus aucune excuse. Plus de raison de garder tes mains pour toi.

Le spasme dans la mâchoire de Panther fit ruer ma verge. Il avait l'air de peiner à garder le contrôle et je voulais être celui qui le lui ferait perdre.

— Dis-moi, quelle partie de moi tu auras envie de toucher en premier, à ton avis ? J'ai mes préférences, mais j'aimerais savoir ce que tu ferais. Où est-ce que tu mettrais tes mains d'abord ?

— Pourquoi pas autour de ton cou ?

Je ricanai et passai mes doigts sur mon thorax, sous le col en V de mon tee-shirt.

— Je pensais plus à mon torse. Peut-être que tu pourrais commencer là et, tu sais, descendre petit à petit…

Je fis glisser ma main sur le tissu moulant de mon haut. Alors que mes doigts descendaient le long des muscles fermes de mon ventre, les yeux de Panther se baissèrent et suivirent leur chemin.

— Allez, Panther… Personne n'est là. Juste toi, moi et ton beau et grand lit.

— Et qu'est-ce que tu crois qu'il va se passer exactement si je viens à l'intérieur ? Que je vais céder et te jeter sur le lit ?

— Hum, j'ai le droit de rêver.

— Alors, continue de rêver.

— C'est prévu. Mais ce n'est pas tout ce que je veux.

J'observai la façon dont le torse de Panther se soulevait et s'abaissait, son souffle s'accélérant. Il fixa ensuite son casque et il me fallut deux secondes pour réaliser qu'il prévoyait de s'enfuir.

— Je ne ferais pas ça si j'étais toi, remarquai-je. Je serai toujours là quand tu reviendras, et à ce moment-là, tout le monde sera de retour aussi…

— Tu n'oserais pas.

Haussant les épaules, je m'assis sur le bord du lit, les jambes écartées, m'offrant à lui.

— Essaie un peu, pour voir.

Était-ce de l'indécision sur son beau visage ? Était-il en train de l'envisager ?

Je n'eus pas besoin d'attendre longtemps, parce qu'il s'avança, pénétrant dans la chambre. Mon souffle s'étrangla dans ma gorge. *Putain de merde, c'est vraiment en train d'arriver. Il cède.*

Je me léchai les lèvres d'anticipation tandis que Panther claquait la porte derrière lui et la verrouillait. Il posa ensuite son casque sur la commode.

Oui, libère tes mains pour qu'elles puissent parcourir mon corps à la place.

Alors que je retenais mon souffle, attendant de voir ce qu'il allait faire ensuite, Panther se glissa entre mes jambes.

Chapitre 15

Panther

Vu que Solo aimait jouer, peut-être que la clé pour le battre était de le laisser penser qu'il avait gagné.

Alors je m'avançai jusqu'au lit, me plaçai entre ses jambes écartées et baissai les yeux vers lui. Tout chez lui était une tentation, de sa bouche insolente qui ne la fermait jamais à la façon dont son tee-shirt se collait à son torse quand ses muscles se tendaient. Sans compter la manière dont son short avait moulé parfaitement son cul à la plage.

J'avais remarqué. Bien sûr que j'avais remarqué. Il faisait en sorte que je ne puisse résister à la tentation de le regarder chaque seconde de chaque jour et ça me foutait en rogne. J'avais l'impression que le but premier de Solo était de me torturer pour me soumettre, ce qui me donnait envie de lui donner une bonne leçon.

Ses yeux se situaient au parfait endroit pour qu'il voie en gros plan que je portais la main sur le devant de mon short pour frotter ma queue.

— Oh putain, souffla-t-il.

Il leva son bras comme s'il voulait prendre le relais, mais je reculai et enlevai ma main.

— Pas touche. Pas encore.

Solo hocha la tête avec ferveur.

— Très bien. Continue de faire ce que tu faisais.

— Ah ouais ?

Je descendis de nouveau ma main entre mes cuisses et me caressai longuement et lentement.

— Tu aimes ça ? Que je me touche ?

— Bon sang, oui.

Solo haletait presque, déplaçant sa main sur son érection.

— Bien. Alors, laisse-moi voir ce que tu as.

Quand Solo se débattit avec les liens de son short, je secouai la tête.

— Ton tee-shirt. Enlève-le.

Il l'arracha par-dessus sa tête tellement vite que je ricanai presque. Ses yeux voyagèrent ensuite entre mon entrejambe et mon visage, attendant ma prochaine instruction. C'était dommage, vraiment, parce que si nous nous étions trouvés n'importe où ailleurs, je me serais déshabillé avant de grimper sur son corps enthousiaste.

Mais nous n'étions pas ailleurs. Je savais que si je cédais à cette faim qui me torturait pour être assouvie, il n'y aurait pas de retour en arrière. Alors ma seule option était de jouer le petit jeu de Solo. De jouer et de gagner.

— Tu vas me rendre la pareille ? demanda-t-il depuis l'endroit où il était allongé sur le lit.

Au moment où je cessai de me caresser pour attraper l'ourlet de mon tee-shirt, les mains de Solo se figèrent sur sa queue comme s'il pensait que j'allais arrêter ce que je faisais s'il bougeait.

— Tu veux que je le fasse ?

— Plus que n'importe quoi, putain.

Je souris alors, parce que, bordel, il faisait du bien à mon ego. Son désir était tellement évident qu'il alimentait le mien. Même si je savais où cela nous mènerait, je m'autorisai à apprécier la sensation pour un instant.

Alors que je remontais mon tee-shirt et le passais par-dessus ma tête, Solo souleva ses hanches du lit, un grondement grave remontant de sa gorge. Je jetai le vêtement sur la couverture à côté de lui. Quand il s'en saisit et le porta à son nez avant de prendre une inspiration, je dus presser mon membre un peu plus fort.

— Putain, tu sens bon.

Ses yeux étaient plantés dans les miens tandis qu'il tenait mon maillot d'une main et continuait de se caresser de l'autre.

— Tu sens le soleil, le sel et l'homme. Le pur mâle. Viens là.

Putain de merde. Sa bouche était presque irrésistible. Je savais que si je ne prenais pas le contrôle et vite, il m'aurait sur ce lit et entre ses jambes avant que j'aie le temps de me souvenir que c'était une mauvaise idée.

— Hum, hum.

Je secouai la tête et crochetai un doigt dans sa direction.

— Et si toi, tu venais ici ?

Apparemment content de suivre les ordres dans une chambre à coucher, Solo s'assit rapidement sur le bord du lit et écarta ses jambes davantage. Alors que je me déplaçais entre elles, il essaya d'atteindre ma taille, mais je secouai la tête.

— Les mains à plat sur le matelas.

Et aussi facilement, il posa ses paumes sur les couvertures.

Il me regardait fixement, de ces magnifiques yeux entourés de cils épais et soyeux. Je ne pus pas m'en empêcher : il fallait que je le touche d'une manière ou d'une autre. Je tendis la main et passai doucement mes doigts le long de sa mâchoire jusqu'à son menton. Une fois que je l'eus en main, je lui relevai la tête et chuchotai :

— Debout.

La bouche de Solo s'entrouvrit et il passa sa langue sur sa lèvre inférieure tandis qu'il se relevait lentement. Sa respiration était rapide désormais, ses paupières lourdes. J'attrapai son poignet et le fis pivoter jusqu'à ce que son dos soit contre ma porte. Alors que je me pressais contre lui, je relevai ses mains au-dessus de sa tête, les maintenant en place.

Il se cambra contre moi, essayant de trouver quelque chose contre quoi se frotter pour soulager le désir ardent que nous ressentions tous les deux, mais j'avais une autre idée. Je me penchai jusqu'à ce que nos bouches soient à peine à quelques centimètres l'une de l'autre et murmurai :

— On est peut-être partenaires dans les airs, mais sur la terre ferme, tu vas être obligé de t'habituer à voler en solo.

Je tendis ensuite une main, fis sauter le verrou, tournai la poignée et le poussai dehors. Alors que Solo trébuchait en arrière, la bouche grande ouverte, je ramassai rapidement son tee-shirt et le lui jetai à travers la porte.

— À demain... partenaire.

Et je lui claquai la porte à la figure.

Chapitre 16

Panther

Le lundi matin, j'avais réussi à passer le reste de mon week-end loin de Solo. L'expression sur son visage quand je l'avais jeté dehors avant de claquer la porte n'avait pas de prix. Ça m'avait bien fait rire pendant ces deux jours – en plus de m'avoir laissé avec les couilles trop pleines, l'enfoiré.

S'il était embarrassé par ce qu'il s'était passé, il ne le montra pas. Il était aussi insouciant que d'habitude, tournant tout à la plaisanterie et m'envoyant occasionnellement un clin d'œil. Le type était incorrigible d'une manière presque attachante.

Presque.

— Mesdames et messieurs, nous avons un invité spécial aujourd'hui, déclara le commandant Levy en faisant les cent pas sur le devant de la salle. C'est un ancien commandant supérieur de la NAFTA et l'un des meilleurs pilotes de chasse de la Navy. Merci d'accueillir le capitaine Franklin Hughes, nom de code Razor.

Mon sang se transforma en glace, gelant le flux vers mon cœur tandis que je me retournais lentement. Les portes s'ouvrirent et mon père pénétra dans la pièce. En un instant, l'ambiance changea, ou peut-être que c'était juste une projection de ma part. Mon père était une force dominante, du genre qui rayonnait de puissance qu'il soit dans ou en dehors de la Navy. Il n'était pas différent à la maison. Toujours dans le contrôle, se comportant sans cesse avec une certaine prétention.

Je n'avais pas eu de ses nouvelles après le dessin aérien impromptu de Solo. Il ne m'avait pas non plus prévenu de sa visite et avait décidé de se pointer à la première heure. Ce n'était pas bon signe. Pas du tout.

Quelques-uns de mes collègues jetèrent des coups d'œil dans ma direction. Je plaquai rapidement sur mon visage un air de nonchalance et me forçai à prendre quelques respirations régulières. Je voulais que personne ne voie la sueur froide qui s'était répandue sur tout mon corps ou pense que j'avais une quelconque raison d'être intimidé par quelqu'un – à plus forte raison, mon père.

Cependant, l'homme avait le don de vous terrifier.

Dans la rangée en face de moi, Solo se pencha en arrière. Il jeta un œil dans ma direction avant de hausser un sourcil interrogateur. Je n'arrivais pas à savoir si ça signifiait « Est-ce que tu savais qu'il venait ? » ou « Ça ne te pose pas de problème qu'il soit là ? », mais de toute façon, je n'avais pas l'intention de répondre. Pas avec mon père se retournant pour nous faire face à l'avant de la salle.

— Merci d'être là, capitaine.

Le commandant Levy fit signe à mon père de prendre la parole.

Il se tenait droit, son attitude le faisant paraître plus grand que son mètre quatre-vingts. Il avait encore une masse épaisse de cheveux argentés. Avec sa tenue de service complète, il était plus distingué que jamais. Lentement, en prenant tout son temps, mon père nous observa intensément chacun notre tour, comme pour mesurer notre valeur. La pièce n'avait jamais été aussi silencieuse. Même Solo semblait avoir le bon sens de se la fermer.

Quand les yeux de mon père se verrouillèrent brièvement aux miens, le regard qu'il me lança était indéchiffrable et il passa rapidement à la personne suivante. Mon corps était tendu comme un arc tandis que j'attendais de connaître la raison de sa venue.

— Alors, vous êtes l'Élite, commença-t-il enfin.

Même s'il avait dit ça sans intonation, je pouvais pratiquement entendre le sarcasme dans sa voix – adressé à moi, sans aucun doute.

— Les meilleurs pilotes de chasse de la Navy. Vous êtes d'accord ?

Personne n'osa ouvrir la bouche et prendre le risque de se faire remarquer. Ça fit sourire mon père.

— Est-ce que ça veut dire non ? Personne ici ne pense qu'il est le meilleur ? insista-t-il avec un claquement de langue désapprobateur. C'est décevant. Qu'est-ce que vous foutez tous là alors ?

— Je suis le meilleur, lança Solo, un sourire paresseux aux lèvres alors qu'il se laissait aller nonchalamment dans sa chaise.

— Oh ?

Mon père se tourna vers lui et j'eus envie de grogner. Évidemment, il fallait qu'il prenne la parole. J'avais le sentiment qu'il n'avait pas fini.

— Et quel est votre nom, lieutenant ?

— Mateo Morgan, monsieur. Vous le verrez sur le trophée à la fin de la compétition.

Mon père poussa un sifflement.

— Voilà une déclaration audacieuse. Vous êtes tous d'accord que le lieutenant Morgan est le meilleur d'entre vous ?

Un grognement retentit quelque part dans la salle. Le regard affûté de mon père trouva le responsable immédiatement. *Utah.*

— Je pense que personne dans cette pièce ne sera d'accord avec cette affirmation, monsieur, déclara Utah. Surtout après, euh, l'incident de la semaine dernière.

— L'incident ?

— Oui, monsieur. Le dessin… dans le ciel.

— Ah.

Mon père se retourna vers Solo qui souriait fièrement.

— Alors c'est vous le Michelangelo des cieux. Solo, c'est ça ?

— C'est moi, monsieur. Cependant, si l'on parle de peintres qui déchirent, je préfère l'autre type, là, Leonardo.

Des ricanements se firent entendre alors que le regard de mon père se durcissait.

— Vous étiez en binôme avec Panther ce jour-là, exact ?

À la mention de mon nom, plusieurs regards se tournèrent dans ma direction. Ma colère à propos de l'affaire du pénis dans le ciel n'était pas un secret. Mais je n'avais pas l'intention de parler sauf si on s'adressait à moi directement.

Ce n'était pas quelque chose qu'on pouvait faire avec mon père. Pas à la maison et définitivement pas à la base non plus.

— C'est exact. Mais je m'attribue tout le mérite de l'œuvre d'art qui a embelli l'horizon californien ce jour-là. Panther n'avait aucune idée de mes talents cachés.

Si j'avais pu, j'aurais gémi. Ou j'aurais dit à Solo de la boucler. Ne voyait-il pas qu'il était en train de se creuser un trou de plus en plus grand ? Bien sûr, ses camarades pouvaient penser que son petit numéro était amusant. Mais la seule expression sur le visage de mon père était l'incrédulité. L'incrédulité que quelqu'un ose s'adresser à lui comme Solo le faisait et que ce quelqu'un osait se montrer irrespectueux non seulement envers la Navy, mais aussi envers l'avion coûtant plusieurs millions de dollars qu'il avait le privilège de faire voler.

Mon père m'avait toujours inculqué le respect de l'uniforme et de tout ce qui allait avec. Il était intransigeant à ce sujet.

— Dites-moi, Solo. Vous pensez que c'est amusant de gaspiller l'argent des impôts durement gagné par les citoyens de ce grand pays en prenant l'un des appareils destinés à les protéger pour une virée où vous pourrez frimer ?

Merde. Merde, merde, merde. À ce moment, j'aurais souhaité avoir un moyen de dire à Solo de se taire. Je m'étais déjà trouvé sous le feu des questions insistantes de mon père un peu trop souvent. S'il pensait pouvoir avoir le dessus, il avait tout faux.

— Je pense que c'est bon qu'ils voient qu'on sait ce qu'on fait là-haut et qu'on ne se prend pas toujours au sérieux.

— Et vous pensez que vous avez accompli ça en dessinant un phallus géant dans le ciel et en risquant non seulement votre place dans le programme, mais aussi celle de votre partenaire ?

La tension qui régnait dans la pièce ne m'échappa pas. Alors que je me redressais sur ma chaise, mon père posa les yeux sur moi.

— Je ne peux pas croire que vous approuviez les actions de votre leader de vol ce jour-là dans le ciel, lieutenant Hughes.

Que croyait-il faire ? C'était déjà assez mauvais qu'il vienne ici sans prévenir pour s'incruster dans un de mes cours, mais maintenant il voulait que je dénigre mon partenaire devant toute la classe pour que tout le monde en soit témoin.

Ça ne me dérangeait pas de dire à Solo qu'il était un imbécile irréfléchi quand j'en avais envie. Toutefois, je devais voler avec ce type pour toute la durée de la formation. Nous devions nous faire confiance là-haut. Peu importait à quel point je le trouvais stupide parfois, je n'avais pas l'intention de le jeter en pâture aux lions, même pour mon père.

— Je n'étais pas au courant de ce que Solo avait prévu avant d'avoir fait atterrir mon avion. Et même si ça ne faisait pas partie des instructions, monsieur, je ne crois pas qu'il y avait une intention malveillante derrière ses actions.

Chapitre 17

Solo

Oh mon Dieu. Panther venait-il juste de me défendre… devant son père ? J'étais choqué. Si quelqu'un m'avait pris à part pour me dire que le type qui n'avait pas ménagé ses efforts pour m'éviter, me frustrer et me rabrouer dès qu'il en avait l'occasion défendrait mon honneur ce matin-là, je l'aurais traité de menteur.

Bordel, s'il m'avait ne serait-ce que regardé et souri, j'aurais été choqué après le week-end dernier. Mais alors que Panther affrontait son cher vieux papa, je ne pus empêcher mon pouls d'accélérer.

C'était sexy. Pas seulement parce que ça démontrait à quel point il était loyal envers son partenaire, mais aussi parce que le capitaine Hughes était un type effrayant.

— Malveillant ou pas, c'était inapproprié et immature, un comportement indigne de l'un de nos stagiaires Élites. Je m'attendais à ce que tu comprennes ça.

Euh… merde. Je suppose que c'est probablement là que je dois intervenir.

— En toute honnêteté, monsieur, Panther a bien insisté sur le fait qu'il trouvait mes actions inappropriées, ce jour-là.

Quand les yeux du capitaine revinrent sur moi, j'étais certain qu'il pensait que je devrais me recroqueviller sur ma chaise. Mais heureusement pour moi, il n'y avait pas grand-chose qui ébranlait ma détermination ces jours-ci, pas même le regard mortel le plus froid que j'avais vu de toute ma vie.

— Ah oui ?

— Oui, confirmai-je en me retournant vers Panther, dont le visage ne laissait rien paraître. Il est resté extrêmement professionnel. Vous devriez être fier.

Les joues du capitaine rougirent légèrement et le commandant Levy s'avança pour intervenir.

— Je pense que ce que Solo essaye de dire, capitaine, c'est qu'ils ont tous les deux retenu la leçon et que ça ne se reproduira plus. N'est-ce pas ?

OK, c'est peut-être ce que j'aurais dû dire.

— Oui, monsieur.

— Très bien. Maintenant, si nous parcourions les instructions du jour et mettions le capitaine au courant ? Je suis sûr qu'il aimerait voir ce que vous allez faire aujourd'hui.

***

Eh bien, quel cours cauchemardesque ! Le capitaine Hughes était un homme aux opinions tranchées. Après avoir revu les instructions, il avait fini par tout changer et tout réorganiser de fond en comble, ce qui revenait à faire ce que lui voulait. Dire que je pensais que Panther était un type guindé et tatillon. Ce qui était le cas, mais pas à un niveau extrême comme son père – du moins, pas pour l'instant. Les raisons pour lesquelles Panther restait dans le rang après avoir grandi avec un type comme ça étaient évidentes. Je ne pouvais presque pas le blâmer de vouloir me botter le cul quotidiennement.

Après une courte conversation avec le commandant Levy qui m'incita à ne pas être aussi grande gueule la prochaine fois, j'attrapai mon bloc-notes sur le bureau et sortis de la salle de classe en direction du mess.

Mon estomac avait grogné toute la dernière demi-heure, vu que le cours avait largement débordé. Toutefois, comme le vol de cet après-midi avait été annulé à cause du capitaine Hughes, je n'aurais pas à me dépêcher de déjeuner. Il semblait que tout le monde avait eu la même idée, parce que les couloirs étaient vides. Mais alors que je tournais dans l'angle du couloir, je pus entendre des voix en colère, quelque peu étouffées. Je regardai autour de moi pour voir d'où cela pouvait venir. Une porte était entrouverte plus loin. Je fis en sorte que mes pas restent silencieux tandis que je m'avançais, entièrement prêt à écouter quelque chose de croustillant.

— Comment oses-tu défendre les actions de ce jeune homme ? Il pourrait t'avoir coûté ta place. Et de quoi ça aurait l'air ? Mon fils, expulsé de l'Élite ?

Oh, merde. J'étais tombé sur le capitaine Hughes et…

— Il ne pensait pas à mal et ça n'arrivera plus, argua Panther.

— Comment peux-tu en être aussi sûr ? Tu l'as entendu aujourd'hui. C'est un dégénéré. Il est arrogant et insouciant. Je ne veux pas que tu sois associé à quelqu'un comme ça.

Ouah, merci, capitaine Connard.

— Qu'est-ce que ça veut dire ? demanda Panther. Je ne peux pas vraiment l'éviter. Il est dans ma promotion…

— Mais il n'a pas à être ton partenaire.

Attends, quoi ?

— Je parlerai à tes instructeurs. Tu ne gagneras pas en restant coincé avec Solo en tant que binôme, alors je vais leur demander de te changer. Je ne sais pas pourquoi ils vous ont associés tous les deux en premier lieu.

La voix du capitaine Hughes ne tolérait aucune discussion. Je sentis quelque chose se tordre dans mes tripes. Je n'étais pas assez bien pour voler aux côtés de son fils ? C'était ça qu'il était en train de dire ?

Je sentis ma colère monter. J'étais à deux doigts de débouler dans la pièce pour lui faire savoir ce que je pensais exactement de son idée, mais Panther prit alors la parole, m'arrêtant avant que je ne fasse quelque chose que j'aurais regretté.

— Absolument pas. Je n'accepterai pas ça.

— Pardon ?

— Solo est mon partenaire pendant la durée de mon séjour ici et j'aimerais que ça reste comme ça. Il est peut-être toutes ces choses que tu as dites, c'est aussi un des meilleurs pilotes que j'ai jamais vus. Tu veux que je gagne ? Alors il faut que je sois associé avec le meilleur.

Putain de merde. Ma mâchoire s'écrasa presque au sol. Je m'efforçai d'écouter la suite.

— C'est une erreur… commença le capitaine Hughes.

— Alors que ce soit mon erreur, le coupa Panther.

Il y eut une longue pause et je me demandai ce qu'il se passait dans la pièce. Panther était sans aucun doute en train de recevoir un de ces regards mortels épiques de la part de papounet. Je devais admettre que l'entendre tenir tête à son père était un autre cran dans la catégorie « putain de sexy ».

— Ne viens pas pleurer vers moi quand ça t'explosera au visage, gronda le capitaine Hughes.

La porte s'ouvrit ensuite violemment et je me collai au mur alors qu'il sortait en trombe. Dieu merci, il partit dans la direction opposée, parce que j'avais la conviction que s'il m'avait vu à cet instant, il aurait pu prouver qu'un regard pouvait tuer.

Repose en paix, Solo.

J'attendis Panther, pas totalement certain de ce que j'allais lui dire quand je le verrais, mais imaginant qu'un « merci de m'avoir défendu auprès du capitaine Connard » ferait l'affaire. Au bout de quelques minutes, Panther n'était toujours pas sorti. Je jetai un œil par la porte.

Une main sur la hanche et l'autre sur son front là où il était appuyé contre la fenêtre, il contemplait le terrain d'aviation au loin. Qu'était-il en train de penser ? Ça semblait être un moment intime, mais quand lui avais-je jamais laissé de l'espace ? Je n'étais pas sur le point de commencer maintenant.

Panther poussa un long et lourd soupir qui sembla s'éterniser. Il s'écarta ensuite de la fenêtre et se figea quand il me vit.

— Depuis combien de temps tu es là ?

Chapitre 18

Panther

La dernière personne que j'avais besoin de voir se tenait dans l'encadrement de la porte à me regarder.

— Depuis combien de temps ? insistai-je, alors que Solo s'avançait dans la pièce.

— Suffisamment longtemps.

Génial. Juste génial, putain.

— Écoute… Je veux juste…

— Non, l'interrompis-je en secouant la tête. Je ne vais pas m'engager dans cette voie avec toi.

— Panther…

— Ne te mêle pas de mes affaires.

Solo soupira. Il se retourna comme s'il allait vraiment écouter pour une fois et partir. Sauf qu'il ferma la porte et nous verrouilla tous les deux à l'intérieur.

— Est-ce que tu as perdu la tête ?

— Je vais partir du principe que c'est une question rhétorique, répliqua-t-il en s'appuyant contre la porte, bras croisés. J'ai entendu ce que ton père a dit…

— Bien sûr que tu as entendu.

— Et j'apprécie que tu prennes ma défense.

— Que je prenne ta défense ? m'exclamai-je en clignant des yeux. *Ta* défense ? Si je suis dans cette situation de merde, c'est uniquement *à cause* de toi.

— Oh, on en revient à ça ? Très bien, vide ton sac.

— Je n'ai pas besoin de vider mon sac, parce que tu t'en vas.

— Tu vois, je voudrais bien, mais je me sens concerné maintenant.

— Parce que tu es un enfoiré fouineur qui ne peut pas s'occuper de ses affaires.

— Ce n'est pas ma faute si la porte était comme par hasard ouverte quand je suis passé devant.

Je me frottai le visage, les émotions à vif à cause du conflit avec mon père. Et maintenant ça ! Est-ce qu'il y avait un bouton de remise à zéro quelque part sur lequel je pourrais appuyer ?

Je baissai mes mains et regardai Solo dans les yeux. Peut-être que je pourrais faire appel à sa compassion – à condition qu'il en soit pourvu.

— Écoute, est-ce que c'est trop te demander de simplement… oh, je ne sais pas, laisser tomber ?

— Je suis plus que ravi de laisser tomber. De quoi veux-tu parler à la place ?

Quand je le contemplai comme s'il avait perdu la tête, il sourit sournoisement.

— Pas d'idée ? J'en ai plusieurs. Peut-être qu'on pourrait commencer par la façon dont tu m'as foutu à la porte de ta chambre l'autre soir ?

Je lui jetai un regard si dur que ce fut un miracle que le sol ne s'ouvre pas pour l'avaler tout entier. Le mec ne comprenait rien à la discrétion, au timing et à la vie en général, s'il imaginait une seule seconde que j'étais d'humeur à parler de ça.

— Je vois bien que ça ne te tente pas. Alors, passons à autre chose.

Quand Solo s'écarta de la porte, je fis automatiquement un pas en arrière dans la salle. Je n'étais pas d'humeur à me laisser marcher sur les pieds en ce moment.

— Pourquoi on ne discuterait pas du fait que *tu* viens juste de dire à ton père que j'étais l'un des meilleurs pilotes que tu aies jamais vus ?

— Pourquoi on en discuterait ?

— Oh, pas besoin d'être timide, Panther. Tu peux l'admettre : tu penses que je déchire.

Mes lèvres tressaillirent malgré moi. Qui était ce type que rien ne semblait dérouter ? C'était comme si Solo vivait sa vie en se foutant de tout. Je devais bien admettre que j'aurais voulu partager sa vision blasée du monde à cet instant. J'aurais donné n'importe quoi pour ne pas avoir l'impression d'avoir déçu mon père, ou de ne rien pouvoir faire pour céder au désir que je ressentais pour cet homme exaspérant en face de moi.

Mais, comme le bon petit soldat qu'on m'avait appris à être, je refoulai toutes les émotions qui laisseraient entrevoir mes véritables sentiments.

— Tu dois me laisser tranquille.

— Oooou quoi ?

— Ou j'emploie la manière forte. Je ne suis vraiment pas d'humeur pour ça.

Solo fit un autre pas vers moi.

— Tu es d'humeur pour quoi ?

J'allais ouvrir la bouche et balancer un mensonge quelconque, mais Solo m'interrompit.

— Ne me donne pas une réponse à la con. Qu'est-ce que tu as envie de faire habituellement après un tête-à-tête avec ton bon vieux papa ? Je doute que ce soit la première fois que vous vous disputiez.

— Ce ne sont pas tes affaires.

— Je sais, mais dis-moi quand même.

Je serrai les dents, les poings crispés. Qu'est-ce que je faisais habituellement ? Eh bien, j'enfourchais ma moto et roulais toute la nuit. Ou je montais dans un avion et déchirais le ciel. Je faisais ce qu'il fallait pour effacer sa déception à mon égard avec une montée d'adrénaline pure. Si quelqu'un pouvait comprendre ça, ce serait Solo.

— Je vole ou je roule, m'entendis-je répondre.

— Pourquoi ?

— *Pourquoi ?*

Solo hocha la tête et je haussai les épaules.

— Je ne sais pas. Ça m'aide en quelque sorte. Cette poussée d'adrénaline…

— L'euphorie ?

Comme il le faisait quand je me glissais dans le cockpit de mon avion, mon pouls commença à accélérer alors que sa question planait entre nous. C'était la merde – il se tenait bien plus près de moi désormais. Quand mon cœur se mit à battre de manière erratique, la tête me tourna.

Il fallait que je sorte d'ici maintenant, avant de faire quelque chose que je regretterais.

— Panther ?

— Hein ?

Solo était désormais nez à nez avec moi. Quand il glissa sa langue le long de sa lèvre inférieure, je dus ravaler un gémissement.

— Pour moi, la seule chose s'approchant de l'extase que je ressens dans le cockpit, commença-t-il tandis que mes yeux étaient focalisés sur sa bouche, c'est le sexe.

Je n'eus pas le temps de réagir avant que Solo n'agrippe l'arrière de mon cou, me forçant à me baisser pour que mes lèvres s'écrasent sur les siennes. Je me figeai, incapable de saisir ce qui était en train de se passer – et l'endroit où c'était en train de se passer. Tout ce que je pouvais sentir, c'était la bouche de Solo se mouvant contre la mienne. Alors que toutes les raisons qui en faisaient une mauvaise idée défilaient dans ma tête, je sus qu'il était hors de question que j'y mette fin, pas avant d'avoir pu au moins goûter les lèvres pressées contre les miennes.

Chapitre 19

Solo

Panther est en train de m'embrasser.

Panther est en train de m'embrasser.

Putain de merde, Panther *m'embrasse enfin !*

Si je n'avais pas été le petit chanceux à la merci de sa bouche autoritaire, je n'aurais peut-être pas cru ce qui était en train de se passer. Mais vu que sa langue délicieuse était en train de glisser entre mes lèvres et de s'emmêler à la mienne, il n'y avait pas de doute. Grant «Panther» Hughes m'embrassait à m'en faire perdre la tête et ne montrait aucun signe qu'il allait s'arrêter.

Pas prêt à laisser passer ce moment, je tendis les mains vers ces magnifiques biceps bien développés et m'y accrochai, regrettant de ne rien avoir pour me stabiliser alors que mes genoux commençaient à faiblir. Mes doigts s'enfoncèrent dans le matériau de sa combinaison de vol. Juste à temps, apparemment, parce que Panther me choqua en passant un bras autour de ma taille et en m'attirant fermement à lui.

Bon sang. En sautant sur Panther le premier, je n'avais pas été certain du genre de réaction que j'obtiendrais. Me frapperait-il ? Me repousserait-il de nouveau ? Jamais dans mes rêves les plus fous je n'aurais pu prédire ça.

Le rêver et le fantasmer, oui. Le prédire, sûrement pas. Il semblait plus probable qu'il gèle en enfer plutôt que Panther soit activement impliqué dans l'un des baisers les plus torrides de ma vie. Toutefois, quand un gémissement s'échappa de ma gorge et que mon corps se pressa au contact direct du sien, Panther grogna. Je sus que je ne rêvais pas parce que ce son se propagea directement jusqu'à ma queue qui durcit en réponse.

Ne voulant pas le laisser partir, maintenant que je l'avais là où je le voulais, j'enroulai mes bras autour de son cou. À l'instant où mon érection frotta contre la sienne, Panther détacha sa bouche de la mienne.

— Bordel.

Il jura sur un ton grave, beaucoup plus grave que son timbre habituel. Sa voix rauque fit trembler mon corps. Ses yeux étaient brûlants alors qu'ils fixaient les miens. Quand il lécha sa lèvre inférieure comme pour me goûter encore sur sa bouche, je poussai mes hanches en avant de nouveau juste pour voir ce qu'il allait faire.

La main qu'il avait sur ma taille glissa sur mon cul. Quand il s'en empara et commença à me faire reculer, je le laissai me guider là où il le voulait. Mon dos heurta la porte et je grognai sous l'impact. Ce n'était pas doux, mais l'homme en face de moi ne l'était pas non plus.

J'écartai légèrement mes jambes, espérant que Panther voudrait – *oui, voilà, exactement ça* – glisser une jambe entre elles. Au moment où sa cuisse effleura ma queue derrière le tissu de mon uniforme, mes yeux se fermèrent et je gémis.

— Pourquoi a-t-il fallu que tu sois si sexy, putain ?

La question fut posée si doucement que je l'entendis à peine. Cependant, quand j'ouvris les yeux et vis ceux de Panther étudier mon visage, je sus que je ne m'étais pas trompé. Ses pupilles étaient dilatées, ses yeux proches du noir tellement ils étaient sombres. À l'instant où il balança ses hanches en avant et où je sentis sa verge dure contre la mienne, je soupirai.

Panther gémit en touchant mon visage. Il passa son pouce sur ma lèvre inférieure et murmura :

— Si foutrement magnifique. Ce n'est pas juste…

Plaqué comme je l'étais contre la porte, je ne pouvais pas faire grand-chose d'autre que rester là et le laisser faire ce qu'il voulait. Même si, soyons honnête, je n'aurais rien changé de toute façon. J'aspirai son pouce dans ma bouche et commençai à rouler des hanches contre sa cuisse. J'observai alors Panther perdre une fois de plus son incroyable contrôle.

D'abord, sa mâchoire se contracta, puis ses narines se dilatèrent. Quand j'effleurai son pouce du bout de ma langue avant de le mordre, il arracha sa main. Le baiser qu'il m'offrit ensuite fut brutal.

Ce baiser parlait de sexe pur, dur et bouillant. S'il me l'avait donné l'autre nuit dans sa chambre, je ne serais pas rentré chez moi aussi gentiment. Ce baiser était destiné à détruire les cellules de mon cerveau. Quand il s'empara de ma jambe et la remonta sur sa cuisse, j'enroulai mon mollet autour de lui et me frottai comme si nous étions nus tous les deux et à proximité d'un lit.

Je ne sais pas combien de temps nous restâmes debout dans cette pièce, plaqués contre la porte. Cela aurait pu être des minutes, des heures, des jours… Tout ce que je savais, c'était que ce n'était pas assez long, parce qu'à l'instant où Panther fit mine de reculer, toutes les fibres de mon être protestèrent.

Alors que nos lèvres se séparaient et que nos corps se démêlaient, je le dévisageai. Ses lèvres étaient gonflées, son torse se soulevait et son sexe tendu me poussa à attraper le mien.

— Ne fais pas ça.

L'ordre était rauque, mais clair tandis que les yeux de Panther tombaient sur mon érection.

— Pourquoi pas ?

Il se lécha les lèvres et, pendant un moment, je crus qu'il allait m'ignorer, mais il reprit la parole.

— Parce que si tu fais ça, je ne suis pas sûr de pouvoir sortir d'ici.

C'était la première fois qu'il admettait avoir envie de moi. *Vraiment* envie de moi.

— Est-ce que ça serait une si mauvaise chose ?

— Ça ne serait pas intelligent.

— Mais est-ce que ça serait mal ?

Panther ferma les yeux et sembla chercher sa patience.

— Je dois y aller. S'il te plaît, laisse-moi partir.

Je m'écartai de la porte et me décalai sur le côté. Alors que Panther avançait et tendait le bras vers le verrou, je tournai ma tête contre le mur et le surpris en train de jeter un dernier coup d'œil.

— Mais est-ce que ce serait si mal que ça ?

Ses yeux remontèrent jusqu'à mon visage et il secoua la tête.

— Non, ça serait trop bon et c'est bien ça le problème.

Avant que je puisse trouver une réponse, Panther fit sauter le verrou, ouvrit la porte et sortit à grands pas dans le couloir, me laissant là en train de me demander comment je pourrais le faire changer d'avis.

Chapitre 20

Panther

Il fallait que je sorte de là.

Tout était flou alors que je quittais rapidement le bâtiment, mes pensées tourbillonnant dans ma tête. J'avais vraiment embrassé Solo ? Sur la base ? Seulement quelques minutes après la confrontation avec mon père ?

J'enfourchai ma moto et la démarrai, sans savoir où je voulais aller, mais conscient que je ne pouvais pas m'éterniser ici plus longtemps. Je fonçai à l'aveuglette dans les rues de Mesamir, essayant de distancer les paroles de mon père, essayant d'oublier combien cela avait été bon d'embrasser Solo.

Merde, je l'avais vraiment embrassé. Pas seulement ça, mais j'avais senti chaque centimètre de son corps ferme contre le mien et ça avait été époustouflant. Après tout ce temps passé à essayer de l'éviter, à le repousser à chaque fois, l'explosion entre nous avait eu lieu quand je m'y attendais le moins.

Personne ne nous a vus, pensai-je en tentant de calmer la panique dans mon cerveau. *Personne d'autre ne sait.*

Déglutissant difficilement, je traversai la ville pour me retrouver en direction de l'aéroport. Il y avait un parc tout près, abandonné d'aussi loin que je m'en souvienne. Avant même que je sache conduire, j'y étais venu à vélo pour regarder les avions décoller.

Je m'arrêtai et garai ma moto à côté des balançoires rouillées. Je levai la tête lorsqu'un 737 dévala la piste avant de propulser son corps lourd vers le ciel. La façon dont les pilotes naviguaient avec aisance ces avions massifs m'avait toujours donné des frissons. Et à chaque décollage, je me demandais où ils se rendaient. Je n'avais jamais envisagé de carrière dans l'aviation commerciale. Mon père étant ce qu'il était, cela n'avait jamais été une option, même si j'en avais eu envie.

Je m'assis entre les barres du carrousel et m'appuyai sur mes mains. C'était étonnamment paisible entre les moments où les avions décollaient. Exactement ce dont j'avais besoin pour faire taire le chaos dans mon cerveau et pour calmer mon corps.

Quelques moments plus tard, le crissement des graviers m'alerta que je n'étais plus seul. Je ne pris pas la peine de me retourner pour voir qui était l'intrus. Je le savais déjà.

— Tu as mis une puce GPS sur moi ? plaisantai-je en gardant mes yeux sur la piste où un Airbus avait commencé son ascension.

Solo ricana tandis que ses pas se rapprochaient.

— Nan. Je t'ai simplement suivi.

Ça aurait dû me déranger qu'il soit venu ici, qu'il ait interrompu ce moment privé. Mais au moment où il désigna la place à côté de moi sur le carrousel en demandant « Ce siège est pris ? », je me rendis compte que je me fichais qu'il soit venu jusqu'ici. Et pour être honnête, je m'étais attendu à ce qu'il le fasse. Peut-être même que je le voulais.

— Ça ne t'arrêterait pas si c'était le cas.

Solo sourit en s'asseyant.

— Content de voir que tu as enfin compris.

— Comme je l'ai dit : tu n'es pas subtil.

— Non, c'est vrai.

Nous observâmes en silence un autre avion prendre son envol, le son suffisamment fort pour noyer le bruit dans ma tête, ce qui était exactement la raison pour laquelle j'avais inconsciemment choisi cet endroit.

Du coin de l'œil, je vis Solo se frotter les lèvres. Des lèvres qui étaient aussi bonnes qu'elles paraissaient.

— Tu es parti assez vite.

— Ouais.

— Je ne suis pas désolé.

La remarque était si impénitente, si… Solo, que mes lèvres se recourbèrent.

— Je ne suis pas surpris.

— Est-ce que tu veux que je m'excuse ?

Je fixai le ciel en y réfléchissant. Mon corps était en guerre contre mon esprit, une moitié de moi voulant qu'il oublie ce quelque chose entre nous, et l'autre moitié avide de prendre ce qu'il voulait donner.

— C'est un simple oui ou non, reprit Solo, s'appuyant sur ses mains pour imiter ma position.

Je secouai la tête.

— C'est plus compliqué que ça.

— À cause de ton père ?

Le fait qu'il ait trouvé ce qui semblait être la source de tous mes conflits internes me secoua.

— Je vais tenter ma chance, continua-t-il. Je suppose qu'il ne veut pas que tu sortes du placard devant tous ses collègues.

— Il ne veut pas que je sorte du placard, point.

— Ah.

Il s'interrompit pendant qu'un autre avion s'élevait dans le ciel.

— Mais toi, qu'est-ce que tu veux ?

J'ouvris la bouche pour répondre, mais quand rien n'en sortit, je fronçai les sourcils.

— Je suppose que c'est compliqué aussi.

J'observai Solo, mon menton reposant sur mon épaule.

— Et toi ? C'est quoi ton histoire ?

— Tu essaies de détourner l'attention de toi. Compris, me taquina-t-il en souriant. Eh bien, voyons voir. Je suis né il y a un quart de siècle. J'avais des parents, ils sont morts. J'avais un frère, il est mort aussi. Je suis devenu le plus génial des pilotes de chasse de la Navy, eeeet ensuite je t'ai rencontré.

Bon sang. Je connaissais l'histoire au sujet de son frère, mais je n'avais pas réalisé qu'il n'avait plus aucune famille.

— Solo, je…

Il me fit un geste de la main.

— C'est bon. Je vais bien.

Ça n'aurait sûrement pas été mon cas dans la même situation. Ce n'était pas comme si Solo était un surhomme invincible qui ne serait pas affecté, même des années après. Le fait qu'il m'envoie balader me fit me demander à quel point la blessure était profonde.

— Est-ce que je peux demander ce qui est arrivé à tes parents ?

Solo haussa les épaules.

— La vieillesse. Ils m'ont eu tard et après José… Les malheurs arrivent par trois, tu sais. Paf, un, deux, trois en moins d'un an. Solo se retrouve orphelin.

Un rire rauque s'échappa de sa gorge.

— Se retrouver orphelin pour un mec qui s'appelle Solo, c'est le comble.

Cela ne me surprit pas qu'il fasse une blague à propos de quelque chose de si difficile dans sa vie. C'était sa façon d'être, non ? Prendre tout et n'importe quoi à la légère pour cacher la vulnérabilité qui devait être enfouie si profondément en lui que personne ne la trouverait.

— Je suis désolé pour ta famille, repris-je doucement.

— Je t'ai dit que c'était bon.

— Ce n'est pas grave si ça ne l'est pas.

Un sillon se creusa entre ses sourcils. Il ouvrit la bouche pour dire quelque chose, sans doute une remarque sarcastique, mais il sembla ensuite se raviser et porta son attention sur ses mains.

— Je ne suis pas sûr de ce qui est pire. Ne pas avoir de parents ou avoir des parents que tu détestes.

Avec mon talon, je traçai des lignes dans le sable, n'importe quoi plutôt que de regarder l'homme à côté de moi.

— Je ne le déteste pas. Il veut simplement ce qui est le mieux pour moi.

— Pourquoi tu le défends toujours ?

— C'est mon père. Tu l'as vu. C'est un homme charismatique devant lequel tout le monde se prosterne. Si je ne suis pas parfait, ça se répercute sur lui.

— Hmm. Tu n'es pas loin d'être parfait.

Solo me donna un petit coup de coude jusqu'à ce que je le regarde. Il sourit alors et ce sourire atteignit ses yeux sombres.

— Je parie que tu serais toujours foutrement sexy, même si tu ne l'étais pas.

Je soutins son regard, puis détournai les yeux en ricanant.

— Tu veux juste m'embrasser encore.

— Bien sûr que oui. Même ça, tu le réussis parfaitement.

Je levai les yeux au ciel et il rit.

— C'est vrai ! s'exclama-t-il. C'est en fait très ennuyeux. J'espère que c'était un coup de chance et que quand je t'embrasserai de nouveau, ta bouche me donnera l'impression d'embrasser un poisson et que j'en ferai des cauchemars.

— Bon Dieu, pourquoi tu espérerais ça ?

— Pour que je puisse arrêter de penser à toi.

Chapitre 21

Solo

La surprise illumina les yeux de Panther et malgré tous mes efforts, je n'arrivais pas à saisir pourquoi. Je m'étais montré très franc au sujet de mon attraction pour lui, quelque chose qui commençait à me rendre dingue parce que je ne pouvais pas la comprendre. Je n'arrivais pas à garder mes distances, peu importait à quel point je le voulais et à quel point j'essayais.

OK, oubliez ça : je n'avais pas essayé si fort. Il était partout : en classe toute la journée, tous les jours, dormant dans la chambre à côté de la mienne… C'était de la torture. Une putain de pure torture que je m'infligeais à moi-même parce que… Merde. Je ne savais pas exactement pourquoi. Je savais juste que je ne voulais pas garder mes distances. Et quoi qu'il en dise, je ne pensais pas qu'il voulait que je garde mes distances non plus.

— Tu peux effacer le choc de ton visage, Panther. Ce n'est pas vraiment un scoop.

— Si tu étais aussi motivé à gagner la compétition que tu l'es à me harceler, tu aurais une bonne chance de me prendre le trophée des mains.

— Oh bon sang ! Qui est arrogant cette fois ? rigolai-je. Une chose que tu devrais savoir à mon sujet : je n'aime pas perdre.

— Je suppose que tu vas devoir t'habituer à la déception.

— Est-ce que tu m'embrasseras pour me consoler ?

Quand les yeux de Panther s'écarquillèrent, je ricanai.

— Tu sais, pour alléger la déception.

Panther secoua la tête.

— Tu sais, je n'ai jamais rencontré quelqu'un comme toi.

— Je vais prendre ça comme un compliment.

Ses lèvres tressaillirent. Je ne pus pas m'empêcher de me rappeler leur sensation contre les miennes, à quel point elles étaient délicieuses…

— Solo ?

— Hm ?

— Je t'ai demandé si tu étais toujours comme ça.

Je penchai ma tête sur le côté.

— Tu vas devoir être plus précis. Est-ce que je suis toujours aussi tenace ? Si génial comme pilote ? Si bon à embrasser que tous les hommes qui le font oublient tous ceux qui sont passés avant moi ?

Je m'interrompis et lançai un clin d'œil à Panther.

— Et, oui, je dis ça au sens figuré comme au sens propre.

— Tu vois, c'est ce que je veux dire. Tu lâches tout ce qui te passe par la tête, peu importe qui est autour.

— Eh bien, ouais, pourquoi pas ?

Panther releva un sourcil.

— Oh, je ne sais pas, professionnalisme, discrétion, confidentialité ? Est-ce que je dois continuer ?

Je haussai les épaules et me penchai en arrière pour le bousculer un peu.

— Et comment ça fonctionne pour toi ?

Panther ouvrit la bouche. Quand rien n'en sortit, je lui balançai un sourire en coin.

— J'étais comme toi avant. Guindé et tout ça.

Panther ricana.

— C'est comme ça que tu me vois ? Guindé ?

— C'est uniquement comme ça que tu m'as laissé te voir pour le moment. À moins que tu ne comptes cet après-midi. Tes chaînes se sont assouplies un peu tout à l'heure.

Choisissant clairement d'ignorer ça, Panther reprit :

— Qu'est-ce qui a changé ?

— Je me suis fatigué.

— Fatigué ?

— Hm. C'est foutrement épuisant d'essayer d'être parfait tout le temps, tu ne trouves pas ? De plus, ça devient ennuyeux après un moment. Je veux dire, tu ne peux pas me faire croire que Bite Molle du bar l'autre soir t'a excité autant que moi à la base aujourd'hui.

Les yeux de Panther descendirent sur ma bouche. Rien au monde n'aurait pu m'empêcher de me lécher la lèvre inférieure. Le souvenir de cet homme en train de se frotter contre moi, son corps ferme et inébranlable, ses mains serrées sur mes cuisses, était quelque chose que je n'oublierais jamais. C'était aussi quelque chose dont je me souviendrais dans les moindres détails… plus tard.

— Non, je ne peux pas.

Je me déplaçai sur le carrousel, mon sexe durcissant sous son regard attentif.

— Je suis désolé, tu peux répéter ? Je ne t'ai pas entendu.

Panther releva les yeux et rien n'aurait pu me préparer au désir que j'y vis tourbillonner. C'était la même expression qu'à l'instant où il avait enfin lâché prise et pris ce qu'il voulait de moi.

— Tu me fais perdre la tête, tu le sais ? Mon sang-froid, ma concentration. Tu me fais m'oublier moi-même et c'est… dangereux.

Je voulais lui dire que tout était dans sa tête, que le job qu'il faisait tous les jours en s'attachant dans un avion de chasse fendant le ciel était plus dangereux que je ne le serais jamais. Toutefois, je pouvais voir le conflit remplacer le désir dans ses yeux et sus alors que les peurs de Panther, ses inquiétudes étaient très réelles. Aussi réelles que la passion que j'avais ressentie dans cette pièce.

La vraie question était de savoir laquelle de ces deux émotions il laisserait gagner. Vu tout ce que je savais à son sujet, je n'étais pas très optimiste. Pas que ça ne m'ait jamais arrêté avant.

Après quelques minutes de silence, Panther soupira et se mit debout.

— Je ferais mieux de rentrer, dit-il en désignant sa moto du pouce. Je veux passer en revue le briefing pour le vol de demain.

Je hochai la tête et me remis debout à mon tour.

— Ouais, bien sûr, moi aussi.

Panther fronça les sourcils.

— Tu vas vraiment passer le briefing en revue ?

Je ricanai.

— OK, non. Je vais aller manger avec Gucc', mais je regarderai ça avant de me coucher.

Quand Panther tourna les talons et se dirigea vers nos motos, je le suivis.

— Tu peux toujours passer quand je reviens et étudier ça *avec* moi.

Je n'avais même pas besoin de voir sa tête pour savoir que la réponse serait « putain, non ». Mais alors que je détachais mon casque et me redressais, je vis Panther chevauchant sa moto, son casque dans les mains.

Ses yeux étaient verrouillés sur moi. Il souleva la protection et ajouta :

— Tu vois ? Dangereux…

Il clipsa ensuite les attaches et, sans un mot de plus, mit en route le moteur et s'éloigna.

Je vais le laisser fuir pour le moment, pensai-je en mettant mon propre casque et en grimpant sur ma moto. Mais il savait, tout comme moi, que nous n'en avions pas terminé. Et loin de là.

Chapitre 22

Panther

Ces dernières vingt-quatre heures avaient été un enchaînement d'événements successifs. Mon père qui se pointait à la NAFTA. Solo qui m'embrassait. Moi l'embrassant en retour. Être suivi et laisser tomber mes murs suffisamment longtemps pour qu'il jette un œil à l'intérieur, chose que je ne faisais jamais.

De plus, il s'avérait que Solo et moi allions être directement en compétition l'un contre l'autre dans le vol du jour, ce qui allait certainement transformer tous les sentiments chaleureux de la veille en une rivalité froide et profonde. Aucun de nous n'aimait perdre, mais nous ne pouvions pas gagner tous les deux. Une fois que je l'aurais vaincu, je ne pouvais qu'imaginer les remarques mécontentes qu'il me balancerait.

Peut-être que ça le ferait renoncer un peu à moi. Mais était-ce vraiment ce que je voulais ?

Le côté logique de mon cerveau me disait oui, mais je ne pouvais nier le désir qui me traversait quand je me remémorais la façon dont Solo s'était frotté contre moi en m'embrassant jusqu'à ce que j'en perde la tête. Il constituait un risque que je n'étais pas prêt à prendre.

Mais…

Mais.

— Oh merde ! Ça devrait être intéressant, commenta Houdini par-dessus mon épaule alors que nous étudiions le tableau blanc où nos binômes et nos objectifs étaient clairement affichés. Alors, tu penses que Solo va pleurer quand tu gagneras ou qu'il descendra juste en piqué directement dans ces falaises ?

— C'est fort présomptueux de supposer que je laisserais Panther gagner, intervint Solo en entrant nonchalamment dans la pièce.

Il se laissa tomber sur une chaise à côté de nous et mit ses pieds sur le bureau.

— Si j'étais toi, je serais plus inquiet que Gucci te sorte en cinq secondes chrono.

Houdini sourit.

— Il est plus susceptible de vomir dans son cockpit d'après ce que j'ai entendu.

— Oh bordel, non, se défendit l'intéressé en assassinant Houdini du regard alors qu'il entrait. Je ne rendrais jamais mon déjeuner dans le cockpit. Est-ce qu'il faut vraiment que je donne tous les détails à tout le monde ? C'était un *sac à main.*

— Il essaie juste de t'énerver, Gucc', assura Solo avant d'offrir un sourire narquois à Houdini. Continue comme ça. Ça ne fera qu'alimenter le feu.

— Peut-être que tu devrais te concentrer sur ton propre combat, aujourd'hui. Mon pote va t'obliger à courir après son cul dans le ciel.

Les yeux de Solo étincelaient presque quand il regarda dans ma direction.

— Ça me semble être un agréable moment.

Le sous-entendu me retourna l'estomac, mais je ne pouvais pas me laisser distraire. Plus que n'importe quel autre jour, je devais garder l'esprit clair et me concentrer sur le vol, qui était sans aucun doute le plus dur jusqu'à présent. Solo n'allait pas me faciliter la tâche et je ne voulais pas qu'il le fasse.

Tandis que je repoussais tout ce qui s'était passé la veille, Houdini tourna le dos à Solo et baissa la voix.

— Le gars prend son pied avec les défis. Sois prudent là-haut.

— Je ne suis pas inquiet, lui assurai-je avant de jeter un coup d'œil par-dessus mon épaule en désignant Gucci. Tu vas l'avoir.

Houdini me fit un large sourire.

— Évidemment.

Après avoir passé en revue le briefing avec nos instructeurs, nous reçûmes nos ordres de passage. Nous nous dirigeâmes ensuite vers la plate-forme pour nous équiper. Solo et moi étant les derniers de la liste, nous rejoindrions les autres pour regarder chaque équipe s'affronter.

— On garde le meilleur pour la fin, ronronna Solo dans mon oreille alors qu'il se tenait derrière moi. On dirait que c'est mon jour de chance.

Je ne me retournai pas, parce que la dernière chose dont j'avais besoin était de l'avoir dans la tête quand j'avais déjà travaillé assez dur pour l'en sortir.

Je finis de mettre mon équipement en place, vérifiant et revérifiant que tout était à sa place. Je sortis ensuite de la plate-forme pour regarder le premier duel du jour : Houdini contre Gucci.

— Ah. Tu m'ignores, alors. Et moi qui pensais que nous avions dépassé ce stade hier.

Je gardai une vive allure, mais il me rattrapa de toute façon.

— Pas maintenant, Solo.

— Oh, ne sois pas nerveux. Je serai sympa avec toi.

— Non, tu ne le seras pas.

— Ouais, tu as raison, je ne le serai pas. J'essayais juste de te faire te sentir mieux.

— Je me sens bien. Je n'ai pas peur de toi. Je n'ai pas besoin que tu essaies de jouer avec mes nerfs.

— Alors je peux jouer avec une autre partie de toi ?

Bon Dieu.

— Va-t'en.

— Je voudrais bien, mais il semblerait que nous nous dirigions dans la même direction.

Levant les yeux au ciel, j'ouvris la porte de la zone d'observation où nous regarderions les autres et pénétrai dans la pièce, Solo sur mes talons. Le type était si persistant, passant de l'agaçant au charmant, avant de redevenir agaçant en quelques secondes. C'était difficile de faire le rapprochement entre le Solo compétitif et le Mateo qui s'était ouvert à moi et avait montré une autre façade de lui. Celui que je voyais aujourd'hui ne possédait pas un gramme de vulnérabilité.

Heureusement, le premier affrontement entre Houdini et Gucci capta suffisamment son intérêt pour que les seuls commentaires sarcastiques qu'il fit soient dirigés contre leur pilotage et pas à m'emmerder.

Ça se joua serré tout le long. Juste quand je crus qu'Houdini était sur le point de perdre, il revint par-derrière pour verrouiller sur Gucci.

Solo ricana.

— Tu aurais dû parier sur ça, Panther. Au moins, tu aurais gagné une fois aujourd'hui.

Je pouvais sentir les yeux sur nous, la tension dans l'air. J'étais plus déterminé que jamais à le faire taire.

Pour le reste des vols, je mis mes écouteurs et m'isolai du reste du monde, fixant mes yeux sur le ciel et observant chaque match, enregistrant les manœuvres signatures de chaque pilote pour les futures compétitions.

Finalement, ce fut l'heure d'y aller. Je suivis Solo jusqu'au hangar, l'adrénaline commençant à prendre le dessus. Ce n'était pas de la nervosité, mais de l'excitation, le frisson du défi, de faire quelque chose de dangereux et de sortir du lot.

Et, bien sûr, de battre mon opposant.

Alors que je m'arrêtais devant mon avion, Solo me lança un clin d'œil et déclara :

— J'ai hâte de pourchasser ton cul.

— J'ai hâte de botter le tien.

Je passai en revue les vérifications pré-décollage avant de mettre mon casque. Quand je grimpai dans le cockpit et m'attachai, le fait que ce soit mon job ne manqua pas de me percuter comme toujours. Que je m'attachais littéralement à un avion à chaque fois que je pointais au travail. Des connexions de toutes sortes me liaient à l'engin, de l'oxygène au parachute de mon siège. C'était comme ne faire qu'un avec la puissante machine. Elle était le corps tandis que j'étais le cerveau.

Je bougeai sur le siège, cochant mentalement ma check-list. Il n'était pas question de se mettre à l'aise, ce n'était pas de ça qu'il s'agissait. Il était question de survie, de veiller à ce que tout soit paré avant que je ne m'élève dans les airs et que ce soit trop tard.

Le siège était ferme en dessous de moi, sans beaucoup de rembourrage. C'était dû au fait que j'étais essentiellement assis sur deux missiles et un siège éjectable. Cependant, une fois que je fus certain que tout était en ordre, je levai le pouce et me préparai au décollage.

Je roulai jusqu'à la piste. Tandis que je manœuvrais mon avion en position et attendais pour le feu vert, j'envoyai une prière pour que nous rentrions sains et saufs. Il se pourrait que j'aie fait en sorte d'ajouter : «S'il te plaît, aide-moi à voler proprement et intelligemment et à botter le cul de Solo.»

Quand le signal fut donné, j'accélérai et poussai les moteurs. Quelques secondes plus tard, je dévalais la piste, mon corps plaqué dans mon siège par la pression de l'accélération. Lorsque j'atteignis la fin de la piste et que je montai les leviers et les volets, je dépassais les trois cents kilomètres par heure.

La sensation de vitesse était grisante, une montée totale d'adrénaline. Au moment où l'avion se souleva et décolla en tirant quelques G, je laissai l'euphorie m'envahir.

J'étais né pour faire ça, élevé ici dans les couloirs de cette académie. Alors que je me stabilisais et attendais que Solo me rejoigne, j'étais plus déterminé que jamais à prouver que j'étais ici pour une raison : gagner.

Chapitre 23

Solo

Impatient de me retrouver dans les airs et d'affronter la seule personne que je considérais comme mon compétiteur ici, je vibrais presque d'adrénaline contenue lorsque je reçus le feu vert et pris position.

Je savais que j'allais devoir faire preuve d'astuce pour battre Panther là-haut aujourd'hui. On me donna alors l'autorisation et je descendis la piste d'atterrissage en trombe, concentré sur une seule chose : gagner.

Je quittai le sol en quelques secondes. Alors que je m'élançais dans le ciel comme un boulet de canon, mes doigts se resserrèrent autour des commandes. Ces avions ne pénétraient pas le ciel en douceur comme les avions de ligne. Oh non ! Là où ces derniers étaient conçus pour leur stabilité et leur confort, les avions de chasse étaient tout le contraire.

Conçues pour être instables afin de faciliter les manœuvres, les ailes de ce vilain garçon étaient plus rigides. Tous les sursauts dus aux turbulences étaient alors ressentis au creux de l'estomac. Ce qui ferait vomir Monsieur Tout-le-Monde, mais pas moi. Je vivais pour ces conneries. Bordel, je pensais même souvent que mes poumons fonctionneraient mieux avec du kérosène que de l'oxygène, depuis le temps que je baignais dedans.

Néanmoins, cette réflexion disparut aussi vite qu'elle était arrivée, parce que lorsque j'atteignis l'altitude exigée au briefing aujourd'hui, Panther – d'une manière ou d'une autre – s'approcha par la gauche et avança rapidement, me prenant au dépourvu et me mettant sur la défensive.

— Merde ! D'où est-ce que tu viens ? marmonnai-je pour moi-même.

Mon pouls commença à accélérer et tous mes sens étaient en alerte maximale tandis que mon cerveau énumérait toutes mes options à un rythme effréné. Alors qu'il évaluait et rejetait les différents cas de figure et mettait de côté toutes les options qui me feraient perdre, je me rappelai que prendre des décisions de vie ou de mort en quelques secondes n'était pas le boulot le plus normal du monde. Mais lorsque l'avion de Panther se rapprocha de moi, je me souvins aussi que c'était le meilleur. Parce que juste au moment où il allait verrouiller sur moi et que j'allais perdre, j'opérai un demi-tour et une marche arrière, ce qui l'obligea à me dépasser pour ne pas me percuter.

Alors qu'il passait à côté de moi, je sus que j'étais maintenant engagé par la décision que j'avais prise. J'orientai l'avion vers le haut et grimpai encore davantage dans le ciel, me préparant à exécuter ma première vrille et à nous mener tous les deux dans une manœuvre de combat appelée « les ciseaux tournoyants ».

Je détestais cette action – elle n'était jamais facile à réaliser et plaçait l'attaquant et le défenseur tous les deux dans une position merdique. Mais bon, j'avais été envoyé là-haut avec les mêmes instructions que lui : ne pas perdre.

En tirant le nez de mon avion au sommet du virage, je m'assurai que mon vecteur de portance était correct et m'alignai avec Panther. Je plongeai ensuite devant lui en faisant un tonneau. Sachant qu'il était sacrément important de baisser mon nez avant qu'il ne lève le sien, j'accélérai un coup.

Lorsque nous commençâmes à faire des tonneaux l'un par-dessus l'autre dans l'immensité bleue, mon cœur accéléra tellement qu'une personne lambda aurait pu tomber dans les pommes.

En remontant une deuxième fois, j'utilisai la gravité pour augmenter la précision de mon virage. Au moment où je fis un tonneau pour redescendre, je réduisis ma vitesse pour garder le contrôle de mes mouvements verticaux.

Panther ne me faisait pas de cadeau. Merde. Il était sacrément difficile de déterminer une position précise lors de ces manœuvres et encore plus de verrouiller sur celui qui vous poursuivait. Il me faisait courir, en position défensive, et il le savait. Cependant, alors que je faisais mon troisième virage, le nez de mon avion vers le haut avant de plonger vers lui, tout changea. Mes mouvements étaient plus rapides que les siens de quelques secondes. Ce qui avait commencé comme un combat à sens unique se transforma rapidement en un combat à armes égales, me donnant l'avantage et forçant Panther dans ma ligne 3/9[6].

Désormais en pleine course-poursuite, nous continuâmes tous les deux d'essayer de duper l'autre avec une série de tonneaux, mais plus rien ne m'ébranlerait désormais. Panther avait le choix entre brandir le drapeau blanc et se désengager ou…

— Enfoiré !

Ou il pouvait choisir la manière forte.

Eh bien, il ne me laissait pas beaucoup de choix. Chaque vrille nous approchait de plus en plus du sol jusqu'à ce que nous soyons redoutablement proches de la zone de danger. Toutefois, je ne me dégonflerais pas. Hors de question que je perde.

— Allez, Panther ! Désengage, espèce de tête de mule.

6 Ligne imaginaire passant au centre de l'avion entre les positions 3 heures et 9 heures.

Cependant, tandis que nous foncions vers la terre, notre altitude chutant sérieusement, les tonneaux devinrent irréalisables et il était temps de prendre la décision finale. Soit je me désengageais et perdais par forfait, soit je le forçais à s'approcher du sol, où il serait obligé de passer aux ciseaux plats et de se stabiliser – ou de crasher son avion dans le désert, ce que je pariais qu'il ne ferait pas.

Ma décision prise, je me lançai pour la mise à mort – enfin, le simulacre de mise à mort. Quand Panther réalisa que c'était fini pour lui et que je n'allais pas lâcher avant lui, il se redressa et se retira sur la droite à la toute dernière seconde, se rendant et me cédant ce coup-là.

Tandis que je m'élançais au-dessus de lui, je savais que Panther serait furieux de la façon dont les choses s'étaient passées.

Il ne m'avait pas épargné et j'avais répliqué. Peut-être que j'aurais dû laisser tomber quand il était évident que j'étais verrouillé sur lui, mais quand il avait décidé de s'obstiner plutôt que de se rendre, mon côté compétitif s'était manifesté.

De plus, personne n'avait été blessé et au final j'avais rempli ma mission. Si Panther était furax, je ferais avec. Pour le moment, je n'allais pas me laisser abattre. Je venais de battre l'enfant prodige de la NAFTA et, bordel, qu'est-ce que c'était bon !

Panther sortit de son avion à la seconde où il le rangeait à côté du mien, arrachant son casque, son beau visage rouge et furieux. Descendant à mon tour, je lui souris.

— Je t'ai eu !

— Putain, tu as perdu la tête ? Tu essayais de nous tuer tous les deux ?

— Ce ne serait pas très amusant. Aucune chance pour une revanche.

Je descendis les escaliers, mon casque en main. J'avais à peine atteint le sol que Panther plantait son doigt sur mon torse.

— C'était stupide et dangereux. On n'est pas là-haut pour jouer à voir le premier qui se dégonfle, connard. Pas dans un putain d'avion à soixante-dix millions de dollars.

— Calme-toi. Ça ne sort pas de ta poche.

— C'est tout ce que tu as retenu de ce que j'ai dit ? Tu as failli nous faire tuer avec ces dernières vrilles…

— Dans lesquelles tu n'avais pas à t'engager, l'interrompis-je, en le frôlant.

Je n'étais pas du tout gêné par le fait qu'il soit furieux. L'euphorie de la victoire me faisait du bien.

Panther attrapa mon bras, m'obligeant à me tourner avant de me pousser brutalement.

— Tu sais ce que c'est ton problème ? Tu penses que tu es tout seul là-haut. Que ta vie est la seule en jeu !

— C'est ça mon problème ? C'est quoi *ton* problème ? rétorquai-je en avançant jusqu'à être nez à nez avec lui.

Je n'avais pas l'intention de faire machine arrière, ni dans le ciel et certainement pas sur la terre ferme.

— Tu es juste en colère parce que tu as perdu. Je comprends. Ça craint. Passe à autre chose.

— Tu penses que je suis en colère alors que tu as usé d'un coup bas pour gagner ? Je n'ai pas besoin de tricher pour gagner…

Je serrai les dents et le poussai à mon tour.

— Je ne suis pas un putain de tricheur…

— Messieurs, arrêtez ça et allez au débriefing.

La voix du commandant Levy dans l'interphone du hangar résonna autour de la base. Je levai les yeux pour voir l'ensemble de la formation en train de nous fixer depuis la zone d'observation.

Panther plissa les yeux en me regardant avec un mépris non dissimulé. Il recula ensuite doucement, secouant la tête. Il tourna les talons et se dirigea vers la plate-forme pour se changer, mais je pris mon temps avant d'avancer dans cette direction, me donnant une minute pour me calmer. Quand la minute ne suffit pas, je me dis « et puis merde» et le rejoignis. Cette fois, il ne prononça pas un mot, ne regardant même pas dans ma direction.

La tension était palpable, de même que sa colère vu la façon dont il balançait ses affaires. Cela ne fit qu'empirer lorsque nous assistâmes au débriefing avec le reste des stagiaires, chacun d'entre eux nous dévisageant à tour de rôle comme s'ils attendaient qu'une bagarre éclate à tout moment.

Je ne voulais pas lui mettre mon poing dans la figure. Je voulais juste le remettre à sa place et en dessous de moi semblait être un bon endroit.

Après avoir été réprimandé par les instructeurs d'une manière beaucoup plus civilisée que Panther – même si je n'avais techniquement rien fait de mal ou d'illégal – nous fûmes congédiés et Panther sortit de là comme s'il avait le diable aux trousses.

Je me retrouvai à le suivre, parce qu'apparemment un Panther furax était ma faiblesse. Toute cette passion dirigée contre moi envoyait une décharge électrique dans ma verge. Je ne pouvais pas le laisser s'échapper si facilement.

Me plaçant devant sa moto au moment où il démarrait le moteur, je posai mes mains à côté des siennes sur les poignées et criai par-dessus le rugissement de l'engin.

— Tu es toujours en colère ? Que dirais-tu de prendre ta revanche ?

Panther remonta la visière de son casque.

— Bouge.

— Je suis sérieux. Prouve que tu n'as pas que de la gueule !

— Grandis un peu, Solo.

— Oh. Tu as peur, répliquai-je en m'écartant de sa moto avant de reculer. Je comprends. Pas de souci.

Je me tournai pour m'en aller et lui donnai le temps de trois battements de cœur. Je l'entendis alors crier :

— Très bien. C'est parti.

Chapitre 24

Panther

Si Solo voulait m'affronter, eh bien il allait être servi.

J'en avais marre du connard narcissique s'attaquant à qui il voulait pour arriver au sommet, peu importait le prix. Cette merde ne passerait pas avec moi. Plus maintenant.

— Troisième Avenue et Sunset Boulevard, criai-je à Solo par-dessus le ronronnement de nos moteurs.

Je quittai ensuite la base, mon adrénaline montant encore plus que pendant le vol. Elle se mélangeait à la colère et à la frustration, en faisant une combinaison mortelle pour laquelle Solo n'était pas prêt.

Il voulait une course sans règles à ignorer ? Il allait en avoir une, putain !

Je remontai jusqu'à l'intersection de la Troisième Avenue et de Sunset Boulevard, pratiquement déserte à cette heure de la journée. Je n'eus pas besoin d'attendre longtemps pour qu'il se range à côté de moi. En me regardant, il fit vrombir son moteur, me faisant grincer des dents. Je remontai ma visière et pointai au loin, à une trentaine de kilomètres.

— L'arrivée est située aux Black Rock Cliffs. Tu connais ?

Il hocha la tête.

— Au vert, expliquai-je en désignant les feux multicolores.

Je rabattis ma visière et me préparai à décoller. Le bruit sourd des battements de mon cœur résonnait comme un compte à rebours… quatre… trois… deux… un.

La lumière passa au vert et nous partîmes.

Fonçant dans les rues de Mesamir, je voyais peut-être rouge, mais mon objectif était clair. Solo ne gagnerait pas cette fois. Je lui botterais le cul et en savourerais chaque seconde. Mais pour commencer, qu'il s'étouffe avec ma poussière.

Je fonçai, me déportai sur sa voie et lui coupai la route, un geste de connard tout à fait son style. Dans mes rétroviseurs, je le vis se déplacer sur la gauche. Je le suivis, le bloquant à nouveau. Il dévia ensuite sur la droite, mais une voiture dans la voie à côté de nous le força à se remettre derrière moi. Je souris.

Était-ce la chose la plus intelligente au monde de faire la course en plein jour, là où l'on pourrait se faire prendre ? Sûrement pas. Toutefois, je ne prévoyais pas de me faire attraper. Alors que nous distancions les voitures à côté, il était évident que Solo n'en avait rien à foutre non plus.

C'était comme si le danger lui faisait prendre son pied, comme si faire un doigt d'honneur à tous ceux représentant l'autorité le faisait décoller. Le rendait invincible. Je ne pouvais pas imaginer comment une personne pouvait vivre sans un code moral pour garder le contrôle. Ce type… Ce type était trop et son ego avait besoin d'être ramené sur terre.

Droit devant, la route tournait dans une série de virages serrés, avec d'un côté la paroi rocheuse et de l'autre rien que le vide, donnant sur l'océan en dessous. Lorsque je pris le premier lacet, ma moto si basse que j'effleurai presque l'asphalte, je maintins ma vitesse, ne cédant pas d'un pouce. Solo avait suivi le rythme jusqu'à présent et il fallait que je prenne une avance plus importante.

Je contournai la deuxième courbe avec facilité, mais quand je me relevai, Solo était là, se faufilant par l'intérieur. Au moment où une voiture déboula sur la voie opposée, je dus quitter ma position et passer derrière lui.

Merde. Il était sans scrupule sur terre comme dans le ciel… L'endroit où il était ne semblait pas avoir d'importance. S'il y avait quelque chose à gagner, il faisait tout pour y arriver. S'il y avait des règles à briser, il les brisait.

Ça me donnait juste envie de le frapper.

À l'instant où l'autre voie se dégagea, je saisis l'opportunité de m'y glisser, poussant le moteur aussi fort que je l'osai jusqu'à me retrouver à ses côtés. Nous étions au coude-à-coude dans les virages, mais il fallait que je quitte cette voie avant qu'une autre voiture…

Merde.

Je dus faire une embardée dans la voie de Solo, le percutant presque lorsqu'un camion klaxonna en passant à côté de nous. Mon cœur battait la chamade après cette échappée belle, mais je n'allais pas le laisser gagner cette course. Pas aujourd'hui.

Il me regarda quand la route se redressa. C'était une bonne chose que nos casques étouffent les sons, parce que je ne pouvais qu'imaginer les jurons qu'il me lançait pour l'avoir presque projeté dans la paroi rocheuse.

Nous étions à mi-chemin de la ligne d'arrivée. Il fallait que j'accélère. Le problème était qu'arriver par les collines signifiait se retrouver en plein embouteillage près de la plage de l'autre côté de Mesamir.

Hors de question de ralentir, tout du moins pas moi, ce qui signifiait abandonner mon côté prudent de nature. Gagnant du terrain, je pris de l'avance sur Solo, zigzaguant en douceur entre les voitures déjà au-dessus de la limitation de vitesse. Les feux rouges étaient rares sur ce tronçon. Dieu merci, parce que même en adoptant l'attitude désinvolte de Solo, je ne pouvais pas mettre la vie des autres en danger.

Au premier feu, je me déportai sur le trottoir désert, dépassant les voitures à l'arrêt tandis qu'il continuait de zigzaguer entre elles. Il perdit alors de son élan et je pensai qu'il s'arrêterait complètement au feu. Cependant, il passa devant tout le monde, évitant de justesse une voiture qui essayait de tourner. Un concert de klaxons éclata derrière lui. Je regardai par-dessus mon épaule pour m'assurer qu'il n'avait tué personne.

Connard inconscient.

Chapitre 25

Solo

Je jurai en poussant ma moto plus fort, plus vite, pour reprendre le terrain que j'avais perdu quand Panther avait emprunté le trottoir pour passer les embouteillages. Il était d'humeur à jouer – et à gagner – mais je n'abandonnerais pas si facilement.

Je n'avais rien fait d'illégal durant le vol, cependant ne pas suivre les règles à la lettre l'avait manifestement assez énervé pour que nous soyons obligés soit de nous battre à la base devant tout le monde, soit de trouver un autre moyen de gérer cette agressivité refoulée.

J'aurais pu penser à un meilleur moyen, personnellement, mais cela aurait impliqué l'absence de vêtements et quelque chose d'autre que nos motos entre nos cuisses.

Droit devant, Panther slalomait entre les voitures avec une incroyable facilité vu la vitesse à laquelle il roulait. S'il n'avait pas été en train de me botter le cul, j'aurais presque pu sourire. Pour quelqu'un qui se préoccupait autant des règles, il n'était pas très désireux de les suivre à ce moment-là.

La circulation près de la plage était une catastrophe. Quand Panther passa à l'orange et que le feu devint rouge avant que je n'arrive, je me déportai sur le trottoir comme il l'avait fait.

Voilà. Je me rapprochais, mais il fallait que je mette en place de sacrées manœuvres si je voulais gagner. Et je n'aimais pas perdre.

Je réussis à le rattraper. Je sus l'exact moment où il me vit dans ses rétroviseurs, parce qu'il me fit un doigt d'honneur.

On est énervé, pensai-je, mes lèvres se recourbant. Énervé voulait dire passionné et je pouvais faire avec.

Il continua de me bloquer à chaque virage, faisant augmenter ma frustration. Nous n'étions pas loin de la fin et il ne me restait pas beaucoup de temps pour gagner. Si j'avais été un connard suicidaire, je serais rentré dans son pneu arrière pour le faire partir en vrille. Le seul problème avec ce plan, c'était que je me ferais probablement entraîner dans cet accident aussi – et mon idée de faire tomber Panther n'incluait pas de plâtres, juste un lit. Ou un comptoir. Ou un mur. Je n'étais pas difficile.

Je fis semblant d'aller sur la droite pour pouvoir le contourner par la gauche, mais il ne mordit pas à l'hameçon. Inébranlable, il garda son avance dans la dernière ligne droite et bifurqua ensuite vers la plage.

Du sable volait dans tous les sens dans son sillage, me forçant à me décaler sur le côté, évitant de justesse les énormes fondations rocheuses à cette extrémité de la plage. Personne ne descendait habituellement sous les falaises, pas avec le fort courant dans l'eau ou les rochers projetant des ombres empêchant de se faire dorer au soleil. C'était l'endroit parfait pour terminer cette course. En contournant l'une des formations rocheuses, je me portai à la hauteur de Panther. Encore un tout petit peu plus loin, un tout petit peu plus de puissance, et…

Comme s'il avait gardé une poussée d'adrénaline dans son moteur pour ce moment précis, Panther s'élança en avant, volant jusqu'à la ligne d'arrivée.

Putain ! Putain de course, putain de moi et putain de moto sous stéroïdes !

Tandis que je ralentissais jusqu'à m'arrêter, Panther sauta de sa moto et enleva son casque. Il me fallut moins de deux secondes pour faire la même chose. Je marchai sur le sable, l'eau s'écrasant sur les rochers non loin de nous, et plantai mon doigt dans son torse.

— Tu déconnes de rouler sur les trottoirs ? Je doute que ce soit dans ton règlement.

Un feu brûlait dans ses yeux, chaleureux et triomphant.

— Je t'ai dit de balancer le règlement aux chiottes.

— Je n'avais pas réalisé que tu savais comment faire.

Panther avança, me repoussant.

— Alors maintenant tu sais ce qu'on ressent, hein ? Quand quelqu'un ne suit pas les règles ?

Sa voix était grave et rauque. Je pouvais sentir ma queue frémir.

— Ça te donne envie de me botter le cul, non ?

— Je ne pensais pas à botter. Je pensais à baiser.

Il combla les deux pas qui nous séparaient pour que son torse se retrouve contre le mien.

— Tu ne penses qu'à ça ?

Refusant de reculer, je levai le menton.

— Quand il s'agit de toi, ouais, pratiquement. Aussi, je viens juste de regarder ton cul sur les derniers trente kilomètres. Je dois dire, tu te penches…

Panther attrapa mon menton, interrompant mes mots. Ses yeux perçaient les miens, même alors que ses doigts s'enfonçaient dans ma peau et que son agressivité augmentait mon besoin de le pousser un peu plus loin.

— Oh, ne t'arrête pas là, le taquinai-je. Les choses commençaient seulement à devenir intéressantes.

Il fit un pas en avant, m'obligeant à reculer. Au moment où mon pied s'enfonça dans le sable, me faisant chanceler, il sourit et continua d'avancer jusqu'à ce que nous soyons entre deux imposants rochers que les vagues avaient creusés au fil des années.

Loin du public. Loin des regards. Nous étions dissimulés à cent pour cent. Quand mon dos se heurta à la surface anguleuse derrière moi, Panther s'arrêta, laissa retomber ses mains et ordonna :

— Ouvre ton putain de jean.

Chapitre 26

Panther

Quelque part entre le moment où j'avais botté le cul de Solo et celui où il avait enlevé son casque pour m'engueuler, toute ma colère et ma frustration contenues avaient atteint leur paroxysme. Je ne voyais pas d'autre explication, alors que je regardais ce casse-cou sexy atteindre le bouton de son jean.

Bordel, de qui me moquais-je ? Ce n'étaient pas les seules raisons pour lesquelles j'étais ici, ni pour lesquelles j'avais choisi un endroit si reculé comme ligne d'arrivée à cette course de la mort le long des Black Rock Cliffs. La vraie raison pour laquelle je l'avais sommé de venir ici, la *vraie* raison pour laquelle je l'avais suggéré, était que, quelque part au fin fond de mon esprit, j'avais su qu'on en arriverait là.

J'avais su depuis le moment où mon regard avait accroché celui de Solo dans ce foutu bar que j'allais l'avoir, qu'il allait être à moi. Et putain, ça commençait à cet instant.

— Que j'ouvre mon jean, hein ?

La langue de Solo taquina sa lèvre inférieure tandis qu'il faisait sauter le bouton.

— C'est ce que j'ai dit, non ?

— Oui, mais la dernière fois qu'on a emprunté cette voie, tu t'es dégonflé et tu m'as jeté dehors. Je ne fais pas vraiment de redites, donc…

Rapide comme l'éclair, je saisis son jean et l'écartai des rochers pour l'attirer contre moi. Alors qu'il me jetait un regard provocateur, je descendis lentement sa braguette.

— Ça te donne l'impression d'être une redite ?

Solo agrippa mes bras, comme il l'avait fait ce jour-là à la base quand je l'avais plus ou moins dévoré contre la porte verrouillée.

— Ça ne me donne aucune impression… Ah, *putain*, souffla-t-il lorsque je glissai ma main dans son jean et y trouvai sa queue dressée.

Ses doigts s'enfoncèrent dans mes biceps et je le repoussai contre les rochers.

— C'était quoi, ça ? Ça ne te *donne* aucune impression ?

Je m'assurai d'ajouter une caresse ferme et agréable pour souligner mon propos, puis baissai ma tête jusqu'à ce que ma bouche effleure la sienne.

— Menteur, chuchotai-je.

— Bon sang, haleta-t-il, son souffle chaud sur mes lèvres.

— Tu aimerais ça, hein ? repris-je en resserrant ma prise sur sa verge palpitante alors que ses yeux s'enflammaient. Tu aimerais que je te retourne, que je baisse ce jean et que je te baise ici.

Solo se poussa en avant, coulissant dans mon poing à la recherche de plus de friction. Ses magnifiques yeux de la couleur du whisky s'étaient assombris et ses paupières étaient alourdies par le désir supplantant toute forme de bon sens. Il mordit sa lèvre et hocha la tête.

— Ouais, c'est ce que je pensais. Mais je n'ai pas encore décidé si tu le méritais.

Son torse se levait et s'abaissait tandis que je continuais à le masturber, sa respiration devenant plus rapide.

— Mériter quoi ?

Je levai mon autre main pour m'emparer de son menton. Quand il fut exactement là où je le voulais, j'effleurai sa lèvre de la mienne.

— Ma queue dans ton cul.

Solo laissa échapper un gémissement grave et torturé, suivi d'un ricanement rauque.

— Quelque chose de drôle ?

— Hmmm.

Il pencha la tête en arrière. Au moment où il donna un coup de hanches, j'augmentai automatiquement la cadence de mes caresses pour suivre son rythme.

— J'étais juste en train de penser combien j'aime avoir raison.

Mes doigts s'immobilisèrent, mais je les recourbai autour de son érection palpitante. Quand Solo ouvrit ses yeux, ses lèvres se soulevèrent en un sourire coupable que je voulais effacer de son visage par mes baisers.

— Tu aimes être l'assaillant.

Il s'écarta des rochers avant de glisser sa main le long de mon épaule jusqu'à ma nuque.

— C'est bon, continua-t-il quand je ne répondis pas. Tant que tu sais que j'aime ça aussi.

Sa bouche était sur la mienne avant que je puisse répondre, sa langue s'enfonçant entre mes lèvres tandis qu'il me poussait contre la surface dure derrière moi et se collait contre mon corps.

Un son sauvage me quitta alors que mes yeux se fermaient et que ma langue glissait le long de la sienne dans une lutte de domination. Je pouvais sentir son liquide pré-séminal rendre mes doigts poisseux. Quand il frotta ses hanches contre ma main et mon corps, ma queue commença à foutrement palpiter.

— Bordel, Grant.

Solo détacha sa bouche, mais ses hanches ne ralentirent pas un instant. Mon corps entier vibra quand il m'appela par mon vrai prénom.

— J'ai eu envie de faire ça depuis la seconde où je t'ai vu.

Je retirai ma main de son jean, sur le point d'attraper son cul et de le ramener pour qu'il arrête de parler et continue d'agir. Mais avant de pouvoir le faire, il se saisit de mon poignet, le plaça entre nous et passa sa langue sur mes doigts.

Un sourire obscène accompagna ce geste audacieux, mais ce fut ce qui sortit de sa bouche ensuite qui manqua de me faire jouir sans aucune stimulation manuelle.

— Humm, j'ai bon goût. Tu veux essayer ?

Bon sang, oui. Et je me fichais de la façon dont ça arriverait. Ses doigts dans ma bouche, sa langue, sa queue… Tout ce à quoi je pouvais penser, c'était que je pourrais tuer pour avoir sa saveur sur ma langue. Je me laissai alors tomber à genoux devant lui et j'attrapai son jean ouvert.

— Oh putain !

Solo regarda l'endroit où mes genoux s'enfonçaient dans le sable. Quand je refermai mes doigts sur le tissu et le poussai de ma trajectoire, il mit sa main à l'intérieur et libéra sa verge.

Rien qu'au toucher, je savais qu'elle était longue et épaisse, mais voir sa main remonter le long de sa virilité jusqu'à son extrémité rouge et gonflée me mit l'eau à la bouche. Je voulais cette queue savoureuse entre mes lèvres, je voulais la goûter sur ma langue et, plus que tout, je voulais voir Solo perdre la tête.

Mes yeux glissèrent le long de son corps ferme et massif. Toutefois, avant de m'exécuter, je souhaitais quelque chose d'autre.

— Enlève ton tee-shirt.

Il lécha ses lèvres avant d'attraper le tissu qui recouvrait ses épaules et le soulever pour révéler son torse musclé. Tandis que les angles et les lignes saillantes de ses abdominaux apparaissaient, je passai la main entre mes jambes et me caressai.

Bordel, ce qu'il était sexy.

Une fois son tee-shirt enlevé, il le jeta au sol, puis enroula ses mains autour de sa queue nue qu'il pointa dans ma direction.

— Autre chose ?

Son ton était arrogant, prétentieux et sacrément torride. Je secouai la tête et il reprit :

— Bien. Maintenant, ouvre ta putain de bouche, Grant.

Mes testicules se contractèrent. Bien que mon premier réflexe soit de lui dire d'aller se faire foutre, mon besoin de savoir le goût qu'il avait était plus fort.

Alors j'ouvris ma bouche.

Chapitre 27

Solo

Jamais je n'avais eu une plus belle vue que celle de Grant « Panther » Hughes à genoux à mes pieds.

Bordel de merde.

Si quelqu'un m'avait dit que ma journée allait se terminer de cette façon, je lui aurais dit qu'il était fou. Mais alors que je regardais cet homme tellement sexy se déplacer à quatre pattes et effleurer de sa langue le bout de ma queue – *ah, putain, oui !* –, je sus que ce n'était pas le fruit de mon imagination.

Comment je le savais ? Parce que mon imagination n'avait jamais été aussi bonne.

À la seconde où j'étais descendu de ma moto pour faire face à Panther, la tension entre nous avait étincelé et grésillé comme un pétard en juillet. Quelle attente avant l'explosion ! Et je ne parle pas seulement de nos tempéraments.

Je pris sur moi pour ne pas m'enfoncer entre ses lèvres aguicheuses et me déverser dans sa gorge comme je mourais d'envie de le faire. Il semblait vouloir prendre son temps et je n'avais pas l'intention de le faire se dépêcher. S'il voulait me sucer comme si j'étais une friandise, je n'allais pas l'arrêter.

Au moment où cette pensée pénétra mon esprit, il attira le bout de ma queue entre ses lèvres et aspira, mes yeux roulant pratiquement à l'arrière de ma tête. *Bon sang*, ça semblait irréel. Lorsque je plantai mes pieds dans le sable pour avoir un meilleur équilibre, il plaça sa main puissante sur ma cuisse pour se stabiliser, avant de baisser la tête et de me prendre si profondément que j'aurais pu jurer que mon membre arrivait au milieu de sa gorge.

Je pris une respiration vacillante et glissai ma main dans ses cheveux jusqu'à l'arrière de sa tête. Au moment où il retira ses lèvres, un grognement sourd s'échappa de ma gorge.

— Baise-moi.

Panther me regarda. Ses lèvres se retroussèrent et j'en heurtai le coin avec le bout de ma verge. Il ouvrit immédiatement la bouche. Cette fois, quand je glissai à l'intérieur, ses yeux restèrent attachés aux miens. Il lâcha un léger grognement alors que je resserrais mes doigts à l'arrière de sa tête. Il se retira et je le laissai faire avant de l'inciter à nouveau à me prendre dans sa bouche. Il ne protesta pas. Il écarta ses lèvres, détendit ses épaules et me laissa le guider dans une des plus torrides fellations que j'avais jamais reçues.

Bordel, il était doué. Bien sûr, le type ne clamait peut-être pas au monde qu'il était sorti du placard et fier de l'être, mais il savait sans aucun doute ce qu'il faisait et appréciait visiblement. Mes hanches commencèrent à se balancer vers l'avant, mon rythme accélérant. Panther glissa ses mains autour de mon cul. Il s'en saisit et, lorsqu'il m'avala de nouveau, il me prit si profondément que son nez frotta les poils taillés autour de la base de ma queue.

— Bon sang, soufflai-je.

Je laissai aller ma tête en arrière, allant et venant dans la bouche la plus talentueuse dans laquelle j'avais jamais été. Soudain, ce ne fut plus suffisant. Je regardai les joues de Panther se creuser et ses lèvres tendues à l'extrême autour de la base de ma verge et me retirai.

Mon érection dure comme du roc palpita en protestation lorsque le regard en fusion de Panther trouva le mien, ses joues rouges de désir. J'attrapai une poignée de son tee-shirt et le remis sur ses pieds. Il était debout et m'attirait contre son corps avant qu'aucun de nous deux ne puisse penser à autre chose qu'à toucher l'autre.

À l'instant où ses lèvres percutèrent les miennes, je défis rapidement son jean et glissai mes mains sous le tissu.

Il détacha sa bouche tandis que j'empoignais et caressais sa queue bouillante dans ma main. Il rua ensuite en avant, grondant :

— Bon sang, Mateo. Plus fort.

Je fis exactement ce qu'il me demandait avant de me pencher et d'érafler sa mâchoire de mes dents.

— C'est mieux ?

— Putain, oui.

Alors que je le plaquais de nouveau contre les rochers, je me déplaçai légèrement pour pouvoir chevaucher sa cuisse. De cette façon, je pouvais continuer à lui faire prendre son pied tout en prenant le mien en même temps. Chose dont il prit conscience quand je commençai à frotter sur sa jambe ma verge qui perlait déjà au bout.

— Tu es si sexy, chuchotai-je à son oreille tout en bougeant ma main de haut en bas en rythme avec mes hanches.

Panther attrapa mes fesses et me tira aussi près qu'il le pouvait. Tournant la tête pour pouvoir accéder à mes lèvres, il souffla :

— Tu me rends dingue.

Je mordis sa lèvre inférieure et l'attirai entre mes dents avant de la relâcher.

— Je sais, murmurai-je.

J'écrasai ensuite ma bouche contre la sienne et pris ce que j'avais toujours voulu de lui : tout.

J'enfonçai ma langue entre ses lèvres et me délectai de ma saveur. Je gémis, Panther baisant ma main avec des va-et-vient brutaux. Il était proche, prenant du plaisir à ce que nous faisions et de l'endroit où nous nous trouvions. Alors que nous foncions tous les deux vers cette nouvelle ligne d'arrivée que nous nous étions fixée l'un à l'autre, nous savourâmes la délicieuse euphorie de nous toucher enfin, de la possibilité de nous faire surprendre.

Mes mains étaient dans son jean, sa bouche dévorait la mienne et je baisais plus ou moins sa jambe en plein jour avec mon pantalon descendu en bas de mes fesses nues. C'était un pari risqué et stupide qui pourrait nous mettre tous les deux dans la merde. Mais au moment où Panther se tendit dans ma main et que des jets de sperme chaud jaillirent de sa queue dressée, je n'en eus plus rien à foutre. J'étais prêt à tout risquer.

Ma réputation, mon job, ma place dans la plus prestigieuse académie de vol du monde, aussi longtemps que je pouvais…

— Oh, putain !

… prendre mon pied avec Panther.

Un frisson courut le long de ma colonne vertébrale et je jouis en réponse directe à son abandon total. Alors que mon corps vibrait, je levai les yeux pour le voir en train de me regarder, ses iris bleus désormais doux, satisfaits. Il serra mon cul et – putain de merde – me sourit.

— Tu vas laisser tes mains dans mon jean tout l'après-midi ?

Je clignai des yeux une fois, deux fois avant de réussir à localiser mon cerveau.

— Ça ne me semble pas être une mauvaise idée. En plus, tu me touches encore, donc c'est équitable, si tu veux mon avis.

Les doigts de Panther se crispèrent, pénétrant dans les courbes de mes fesses.

— C'était…

— Torride ?

Ses yeux tombèrent sur ma bouche et il hocha la tête.

— Humm.

— Je te l’avais dit.

— Je n’ai jamais dit que ça ne le serait pas.

Il passa ses mains sur ma peau nue avant de se saisir de mon jean pour le remonter.

— J’ai dit que ça serait une erreur, reprit-il.

Je m’éloignai de lui, sentant que notre moment touchait à sa fin. Lorsqu’il remonta sa fermeture Éclair, je fis de même, avant de le suivre là où nous avions laissé nos motos. Une fois arrivé, je mis mon casque en silence. Enfourchant ma Yamaha, je regardai en direction de Panther.

— Hé, au fait, lançai-je.

Il me jeta un coup d’œil alors que je démarrais le moteur.

— Juste pour que tu le saches, j’ai le sentiment que tu vas être mon erreur préférée de tous les temps.

Puis je sortis du terrain et pris la direction de la base, le laissant faire de mes mots ce qu’il voulait.

Chapitre 28

Panther

Le matin suivant, j'étais en train de fermer ma combinaison de vol, me préparant pour la journée, quand j'entendis le rire de Solo résonner dans le couloir à l'extérieur des vestiaires. J'avais à peine dormi la nuit précédente, trop occupé à penser à ce que nous avions fait à la plage. J'en avais eu envie, Dieu sait que j'en avais eu envie. Toutefois, la dure réalité était que j'avais perdu le contrôle dans un lieu public, où tout le monde aurait pu nous voir. L'adrénaline avait pris le dessus et avant que je puisse réfléchir davantage aux conséquences, je m'étais mis à genoux pour goûter un homme que j'avais auparavant rejeté.

Toutefois, je ne pouvais pas dire que je regrettais. Même si j'étais tiraillé, me souvenir de la façon dont nous nous étions embrassés, la façon dont toute la tension avait quitté mon corps alors que nous avions joui ensemble contre les falaises… Merde. Je bandais presque, rien que d'y penser. Et même si je n'aurais pas dû, j'en voulais plus.

— Pourquoi tu souris ? demanda Houdini en ouvrant son casier à côté de moi. J'aurais pu penser que c'est parce que tu as tué Solo après ce qui est arrivé hier, mais je viens juste de le voir, donc…

— Je suis juste pressé de te botter le cul pendant la séance d'aujourd'hui, c'est tout.

Houdini ricana et se débarrassa de ses chaussures dans son casier.

— Comme si ça allait arriver. En plus, j'ai vu les duels du jour sur le bureau de Levy et tu as Alphabet.

— Une chance pour toi.

Je jetai un coup d'œil par-dessus mon épaule pour voir Solo et Gucci échanger des conneries comme Houdini et moi le faisions. Alors qu'il répondait à quelque chose que son ami avait dit, son regard intercepta le mien, s'éclaira et il vacilla une seconde. Face à cette hésitation momentanée, Gucci regarda autour de lui et je me retournai rapidement. La dernière chose dont j'avais besoin, c'était que le moulin à ragots se mette à tourner. Je priai pour que Solo soit suffisamment avisé pour ne pas parler des événements de la veille à qui que ce soit.

Je sortais mes Aviator de mon casier lorsque j'entendis sa voix trop familière derrière moi.

— Salut.

Solo, toujours vêtu de son jean et de sa veste de moto, ses mains dans ses poches arrière, me fit un petit sourire.

Bordel, ce qu'il était beau. Beaucoup trop beau. Ses cheveux étaient toujours mouillés, comme s'il s'était douché et avait mis son casque tout de suite après. C'était si sexy que je dus me rappeler où nous étions pour ne pas tendre le bras et le toucher.

Sachant que les regards étaient sur nous, que d'autres m'entendraient, je levai le menton pour le saluer.

— Salut.

Ce n'était pas ce que je voulais dire, de la même façon que je voyais qu'il avait envie d'ajouter quelque chose, mais nous laissâmes tous ces non-dits entre nous. Que pouvions-nous dire d'autre ?

Hé, mec, j'ai apprécié cet orgasme hier, et toi ? Tu as du temps plus tard pour un deuxième round ?

Cette histoire n'avait pas besoin de sortir en plein jour et pour une fois, Solo la ferma. Se balançant sur ses talons, il hocha la tête dans ma direction, ce sourire toujours sur son visage. Puis il se dirigea vers son casier pour se changer.

Ce fut seulement à cet instant que je remarquai à quel point la pièce était devenue silencieuse, comme si tout le monde retenait son souffle.

Ah, oui. Ils attendent de voir si on va s'entre-tuer.

Après tout, la veille, nous avions quitté la base déchaînés. Ça serait donc logique que nous soyons en train de nous balancer des coups et des insultes aujourd'hui.

Seulement, ce n'était pas comme ça que nous avions réagi. Il m'avait *souri*. Dieu seul savait ce qui se passait dans la tête de tout le monde.

— Qu'est-ce qui vient juste de se passer ? chuchota Houdini.

Toutefois, le silence était si total que je ne serais pas surpris que Solo l'ait entendu depuis l'autre côté de la pièce.

— Pourquoi il est si… gentil ?

Il n'y avait qu'une seule façon de la jouer si je ne voulais pas me faire griller. Et si Solo était intelligent, il irait dans mon sens.

— Je lui ai botté le cul, prétendis-je en attrapant mon cahier de notes avant de refermer mon casier. C'est tout ce que tu as besoin de savoir.

Je m'éloignai en chaussant mes lunettes de soleil. Quand je passai devant Solo, il me lança un sourire narquois. OK, nous avions tous les deux botté le cul de l'autre la veille – et en avions récolté les fruits – mais personne n'avait besoin de connaître les détails.

***

Les instructeurs nous avaient balancé le programme, nous briefant à la première heure avant de nous jeter dans les exercices du jour. La mission avait consisté en un parcours individuel, sans partenaire, chacun pour soi. J'avais affronté Alphabet, un gars assez sympa avec un nom que personne ne pouvait prononcer, d'où son nom de code. Bien qu'il soit un excellent pilote, il ne m'avait pas fallu longtemps pour verrouiller mes armes sur lui, m'offrant la victoire la plus rapide de la journée.

Il continuait de parler à tort et à travers lorsque nous nous assîmes à l'une des longues tables du mess. Deux par deux, les autres nous rejoignirent, la moitié sur un petit nuage et l'autre moitié déprimée ou dans le déni d'avoir perdu. L'immense sourire sur le visage de Solo au moment où il arriva, Utah derrière lui, me dit tout ce que j'avais besoin de savoir sur lequel des deux avait gagné ce round.

— Tu avais raison, Panther, commença Utah en tirant une chaise au bout de la table avant de s'y laisser tomber. Celui-là, c'est un enfoiré sans scrupule.

L'expression arrogante de Solo ne changea pas tandis qu'il passait devant nous en direction de la nourriture.

— Tout ce que j'ai entendu, c'est «Merci, Solo, je peux en avoir encore?», lança-t-il.

Il me fit un clin d'œil avant d'attraper un plateau. Je secouai la tête en direction d'Utah.

— Tu t'attendais à ce qu'il soit fair-play? Après hier? Si c'est le cas, tu as mérité de perdre.

De l'autre côté de la table, Houdini arqua un sourcil.

— Tu le défends maintenant?

— Non. Je dis simplement qu'il fera tout ce qui est nécessaire pour gagner. Nous l'avons tous vu.

— Est-ce que ça veut dire que tu admets qu'il est meilleur que toi? voulut savoir Whiplash, en se penchant en avant à la place qu'elle occupait à côté d'Houdini.

— C'est ce que tu as retenu de ce que j'ai dit?

— Oh, allez, Panther! Dis-leur à quel point tu apprécies quand je fais tout ce qui est nécessaire pour gagner, intervint Solo en posant son plateau à côté de Whiplash.

— À peu près autant que j'aime un clou dans mon pied, répliquai-je.

— Donc tu aimes qu'un peu de douleur accompagne ton plaisir, surenchérit Solo en agitant ses sourcils. C'est bon à savoir. Je m'assurerai que ça fasse mal la prochaine fois.

— Je ne comprends pas pourquoi tu arrives encore à parler aujourd'hui, remarqua Whiplash. J'aurais pensé que Panther t'aurait définitivement démis la mâchoire hier.

— J'ai donné autant que j'ai reçu. La mienne me fait un peu mal, mais demande peut-être à Panther comment il se sent aujourd'hui.

Je faillis m'étouffer avec ma frite. Après avoir avalé et pris une gorgée d'eau, je déclarai :

— Ma mâchoire va très bien.

— Tu es sûr ? Ce n'est pas un peu tendu ? J'y suis allé assez fort.

Bordel de merde.

— Apparemment, je peux encaisser.

— Oh, s'exclama-t-il, son sourire coquin faisant battre mon cœur plus fort. On en revient à cette histoire de douleur et de plaisir, hein ?

Des gloussements retentirent autour de la table. Je levai les yeux au ciel et pris une grosse bouchée de mon déjeuner. C'était ça ou continuer à parler. Rester silencieux avait toujours marché pour moi avant.

Malheureusement, ce n'était pas comme ça que Solo fonctionnait.

Chapitre 29

Solo

Je devais dire que j'appréciais vraiment un petit sous-entendu. Et j'appréciais encore plus quand ça sortait de la bouche de Panther. Cette même bouche qui m'avait fait jouir plusieurs fois pendant l'heure passée sous la douche ce matin, en me remémorant la façon dont il m'avait sucé comme s'il n'avait jamais rien connu de meilleur.

Putain, c'était torride.

En face de moi, Phantom secoua la tête.

— Je pensais vraiment qu'il allait te tuer hier, mec. Le feu de l'enfer lui sortait par les yeux.

— Rien que je ne peux gérer.

Il trempa une frite dans un monticule de ketchup et la porta à sa bouche. Entre deux mastications, il continua :

— C'est soit brave soit suicidaire de s'attaquer au favori. Je ne sais pas encore lequel des deux.

Le favori, hein ?

— Qui a dit ça ?

— C'est moi qui…

— Non, je veux dire, de qui est-il le favori ?

Phantom s'essuya la bouche et jeta sa serviette en papier sur son plateau.

— Si tu penses que ce n'est pas dans la poche pour le fils du capitaine Hughes, alors tu te fais clairement des illusions.

Du coin de l'œil, je vis Panther se figer. Il avait manifestement entendu ce que Phantom venait d'énoncer, mais choisit de ne rien dire.

Je ne savais pas vraiment jouer au roi du silence.

— Comment est ta vue, Phantom ? m'enquis-je.

— Parfaite, comme exigé. Pourquoi ?

— Je suis juste curieux, étant donné que tu sembles avoir manqué la raclée que j'ai donnée au lieutenant Hughes dans le ciel hier, me vantai-je avant d'avaler un peu d'eau et de hausser les épaules. Peut-être que c'est moi que tu devrais appeler « favori ».

— Toi ? Le favori ? ricana Gucci. Il gèlera en enfer avant.

— Ça pourrait arriver. Le réchauffement climatique et tout ça.

Sentant le regard de Panther sur moi, je l'observai en train de défaire lentement son poing autour de son petit pain broyé. Son visage avait légèrement rougi. Il semblait essayer de regagner son self-control, s'obligeant peut-être à ne pas se diriger vers Phantom pour lui éclater la tête avec un plateau. Alors qu'il prenait une profonde inspiration, il m'adressa un hochement de tête des plus subtils avant d'attraper sa boisson.

— Oh merde, les mecs, s'exclama Whiplash bouche bée devant sa montre, son wrap à peine entamé retombant sur son plateau. Faut qu'on y aille.

Lorsqu'elle se leva d'un bond si vite que sa chaise se renversa, nous restâmes à la dévisager jusqu'à ce qu'elle précise :

— On est en retard. Il est deux heures passées !

Le chaos éclata, chacun de nous se bousculant pour se lever de nos sièges, des jurons sifflant quand nous réalisâmes que nous étions sérieusement dans la merde si nous loupions ne serait-ce que quelques secondes de notre formation. Il y eut une course à travers les couloirs, mais mon esprit s'égara sur une idée qui n'avait rien à voir avec ce que nous apprendrions avec le commandant Levy ce jour-là.

Tandis que le reste de mes collègues officiers entraient dans la salle, je restai en arrière. Avant que Panther ne puisse suivre les autres, je lui bloquai le passage.

— Je peux te parler ?

— Oui, mais pas maintenant, protesta-t-il.

Toutefois, avant qu'il n'ait l'opportunité de passer devant moi pour ouvrir la porte, je me mis devant lui.

— Où est l'urgence ? On est déjà en retard.

Il hésita avant de me faire signe de continuer. Je ressentis une petite victoire à l'idée de lui faire transgresser une règle.

— Tu aimes la cuisine mexicaine ?

Ses sourcils se froncèrent.

— C'est pour ça que tu nous mets en retard ? Pour te renseigner sur mes préférences culinaires ?

— Une minute de plus ne va pas nous tuer. Alors ?

Panther se massa le front et soupira.

— Oui, j'aime la cuisine mexicaine. Pourquoi ?

— Je serai à la Salsa, près de Boundary, autour de dix-huit heures.

Les secondes passèrent, Panther me dévisageant comme s'il s'attendait au pire.

— C'est ta façon de m'inviter ?

— Pour quelle autre raison je te le dirais ?

— Eh bien, tu aurais pu me demander.

L'amusement se lisait sur son visage, faisant se recourber ses lèvres.

— Très bien. Peut-être que tu devrais être à la Salsa, près de Boundary, autour de dix-huit heures.

— Je crois que je suis occupé.

Panther me dépassa, mais avant qu'il ouvre la porte, j'attrapai son poignet et l'obligeai à me faire face.

— Grant, je vais être mort de faim et prêt à dévorer quelque chose vers dix-huit heures. J'aimerais que ce soit toi.

Quand sa bouche s'ouvrit de surprise, je souris.

— Je veux dire que j'aimerais que tu puisses te joindre à moi.

Ses yeux tombèrent sur ma bouche. Au moment où il déglutit, la seule chose que j'avais en tête était la façon dont il avait pris ma queue au fond de sa gorge. Et bordel, ce que ça me faisait bander à cet instant précis.

Ça allait être amusant d'arriver en classe avec une érection !

— Messieurs, est-ce qu'il y a une raison pour laquelle vous vous tenez à l'extérieur de la salle de classe, et pas à l'intérieur ?

Panther dégagea son bras de ma poigne.

Quand je me retournai, l'instructeur le plus récent à la NAFTA soupira.

— Lieutenant Morgan. Pourquoi cela ne me surprend pas de vous voir perturber les couloirs ?

— Mes excuses, Commandant, m'amendai-je. Nous étions juste en train de mettre les choses au clair.

Le commandant Heinz plissa les yeux par-dessus ses lunettes. Même si elle ne mesurait qu'environ un mètre soixante-sept, elle réussissait toujours à nous donner l'impression de nous regarder de haut.

— Après votre performance d'hier, j'aurais pensé que vous éviteriez d'autres confrontations tous les deux.

— C'est moins une confrontation, Commandant, qu'une confirmation, déclarai-je en soulevant un sourcil en direction de Panther. Je crois que le lieutenant Hughes et moi avons atteint un compromis. N'est-ce pas, lieutenant ?

Panther m'observa un moment, me faisant attendre sa réponse. Juste quand je pensais qu'il montrerait son désaccord, il hocha la tête.

— Oui, il semblerait que nous ayons conclu un accord.

Je relâchai le souffle que je retenais et offris ensuite mon sourire le plus charmeur au commandant Heinz.

— Vous voyez ? Pas de bagarre nécessaire.

— Alors je suggère que vous preniez place à l'intérieur avant que le commandant Levy n'immobilise votre avion pour une durée indéterminée.

Elle se tourna ensuite vers Panther.

— Vous aussi, lieutenant. Je doute que votre père aimerait entendre parler des incidents continuels entre vous et le lieutenant Morgan.

— Non, il n'aimerait pas. Mes excuses, Commandant.

Il inclina sa tête vers elle, puis me jeta un coup d'œil avant de se glisser à l'intérieur. Je pris mon temps pour le suivre, incapable d'effacer le sourire de mon visage.

Non seulement j'avais poussé Panther à transgresser les règles, mais j'avais un rendez-vous avec lui ce soir. Pas même le savon que le commandant Levy me passerait ne pourrait m'abattre.

Chapitre 30

Panther

À six heures moins cinq, je tournai sur le parking de la Salsa et me frayai un chemin à travers les rangées de voitures, cherchant et trouvant la moto de course rouge rubis de Solo.

Pendant tout le trajet, je m'étais demandé si c'était une bonne idée ou non. Toutefois, alors que je garais ma moto à côté de la sienne et que mon cœur commençait à battre un peu plus fort, je sus qu'il n'y avait pas d'autre choix.

Dès le moment où il m'avait laissé aux Black Rock Cliffs la veille, j'avais voulu recommencer. En fait, en arrivant à la base, j'avais dû faire appel à toute ma volonté pour ne pas frapper à sa porte, entrer dans sa chambre et le déshabiller. Mon esprit était encore plus fixé sur Solo depuis que j'avais enfin mis la main sur lui.

De quoi aurait-il l'air nu ?

Comment serait-il au lit ?

Quel bruit ferait-il quand je pénétrerais enfin son corps ?

Et que ressentirais-je quand il pénétrerait le mien ?

Autant de questions dont je ne pouvais pas me débarrasser. C'étaient aussi les questions dont j'avais imaginé les réponses de manière très nette dans ma douche la veille, et ensuite plus tard dans mon lit.

Pouvoir me tenir près de lui à l'entraînement aujourd'hui sans avoir une énorme érection relevait du miracle. C'était aussi largement dû au nombre de fois où je m'étais masturbé en deux jours.

Je coupai le moteur et ôtai mon casque. Tandis que j'étais assis là, à fixer la moto de Solo, je sus que d'ici la fin de la soirée, j'aurais mes réponses. J'étais presque aussi certain qu'en étant ici, je m'exposais à toutes sortes d'ennuis. Ça ne m'arrêta pas cependant de descendre de ma moto, d'y attacher mon casque et de me diriger à l'intérieur de l'établissement pour retrouver l'homme que je désirais depuis le moment où j'avais posé mes yeux sur lui.

En traversant le parking en direction du bâtiment à deux étages en pisé qui abritait la Salsa, j'inspectai ma chemise bleu marine, mon jean et mes bottes noires. J'avais opté pour une tenue décontractée, sachant que ce n'était pas un rendez-vous ou un lieu habillé, mais en approchant de la porte, je commençai à douter de mon choix.

Arrête ça, me sermonnai-je en ouvrant la porte. Toutefois, lorsque je pénétrai dans le hall d'entrée bondé et que le battant se referma derrière moi, la panique s'installa.

Coude à coude avec plusieurs autres personnes attendant une table, je ne pus m'empêcher de penser : *Et si je vois quelqu'un que je connais ? Et si cette personne me reconnaît et que mon père apprend que j'ai mangé à l'extérieur avec Solo ?* Au moment même où cette pensée pénétra mon esprit, j'entendis appeler mon nom.

— Grant ? Grant ! Par ici !

Je me tournai en direction de la voix que je commençais à entendre dans mes rêves. Quand le visage familier de Solo apparut, mon souffle se bloqua dans ma gorge.

Bordel, ce qu'il était canon. Je le savais déjà, mais j'avais tellement pris l'habitude de le voir en tenue de vol que j'avais presque oublié à quel point il était magnifique sans. Enfin, pas sans en soi, bien que je sois presque certain que la vision de Solo nu pourrait m'achever. Cependant, habillé en civil, c'était un homme extraordinairement séduisant.

Ce soir-là, il avait revêtu des boots noires et un pantalon de la même couleur ajusté, associé avec un tee-shirt col en V bordeaux, qui ne montrait pas seulement ses biceps et son torse musclés, mais aussi ses plaques d'identification qui m'invitaient à scruter attentivement la peau bronzée sur laquelle elles reposaient.

Ma verge se dressa tandis qu'il se frayait un chemin à travers la foule dans ma direction. Lorsqu'il fut plus près, je remarquai qu'il portait de petits anneaux en argent à chaque oreille, ainsi qu'une bande de cuir et un bracelet de perles autour de son poignet droit.

L'ensemble était foutrement sexy. Quand il s'arrêta devant moi, m'offrant son sourire de briseur de cœurs, je dus me rappeler que j'étais en public et que je ne pouvais pas juste l'attraper et l'embrasser jusqu'à ce que mort s'ensuive.

— Tu es venu, lança-t-il, ses yeux scintillants en me dévisageant.

— Je te l'avais dit.

Solo hocha la tête avant de se faufiler plus près de moi.

— Oui, mais je ne savais pas si tu te jouais de moi ou pas.

Je haussai un sourcil et le dévisageai. Quelque chose dans son sourire me détendit.

— Fais-moi confiance, tu sauras quand je jouerai avec toi. En attendant, je crois que tu m'avais promis un repas.

Tandis que je me redressais, Solo lécha sa lèvre inférieure. *Bon Dieu.* Si cette conversation était une quelconque indication, cette soirée allait être une véritable torture. Parce qu'être si proche de lui tout en gardant mes mains pour moi s'avérait beaucoup plus difficile que ce que j'imaginais. J'en avais pris conscience tout au long de la journée.

Il me fit un signe de tête pour que je le suive. Je fis attention à ne pas montrer que je détaillais la façon dont son pantalon moulait son cul, juste pour pouvoir prétendre que c'était une soirée entre collègues si quelqu'un me reconnaissait. Cependant, Solo s'était montré malin. Il avait choisi un restaurant en périphérie de la ville, non loin de l'endroit où nous nous étions rencontrés.

Il m'offrit le côté de la banquette qui faisait face à la porte, comme s'il savait que ça serait mon choix pour pouvoir garder un œil sur l'entrée. Il avait raison, bien sûr. C'était une habitude acquise au contact de mes amis officiers de police.

Dès que nous fûmes assis, un serveur passa pour déposer des chips et de la salsa. Après avoir passé notre commande de boissons, Solo prit une chips et la trempa dans la sauce.

— Humm, commenta-t-il la bouche pleine. Plus c'est épicé, meilleur c'est.

— Ça semble s'appliquer à la plupart des choses de ta vie.

Il avala, puis ce demi-sourire sexy apparut.

— Content que tu aies remarqué.

— Tu es assez difficile à ignorer.

— Un compliment. Je prends. Mais je dois dire que je suis content d'avoir ton attention.

Le serveur déposa nos bières et je pris une longue gorgée de la boisson fraîche tandis que je réfléchissais à ce que je voulais dire. Je devais être transparent pour qu'il n'y ait pas de malentendus.

— Tu sais que ce n'est pas une bonne idée.

Les sourcils foncés de Solo se soulevèrent.

— Ce dîner ? Cette salsa très épicée ?

— Ça, précisai-je en faisant un geste entre nous. Quoi que ce soit.

— Alors pourquoi tu es là ?

Une question franche, comme l'homme en lui-même. Je n'en attendais pas moins de sa part.

— Parce que, commençai-je en levant ma bière à mes lèvres, tu as mon attention.

Cela me valut un autre sourire sexy. Je réalisai alors combien je serais prêt à donner pour continuer à en récolter.

Mon regard se porta sur les petits anneaux d'argent à ses oreilles. Il les avait portés la nuit de notre rencontre, mais étant donné que les bijoux n'étaient pas autorisés à la base, j'avais oublié leur existence.

— Tu aimes ? demanda-t-il.

— Oui. D'autres surprises ?

— Oui, mais tu vas devoir découvrir ça par toi-même.

Merde. Cette fois, j'allais me demander pour le reste du repas ce qu'il pouvait bien cacher sous ses vêtements. Le simple fait d'imaginer ce que ça pouvait être fit tressaillir ma verge et je me déplaçai sur mon siège.

— Je te poserais bien la même question, mais je préfère découvrir les surprises avec ma langue.

Putain de merde. Voilà que je transpirais.

Essuyant mon front, je fus obligé de rire.

— Tu ne vas pas rendre les choses faciles, hein ? Tu sais quoi ? Ne réponds pas. Tu aimes tout faire à la dure, dans et en dehors du cockpit.

Solo grogna, sa tête retombant en arrière.

— Tu as raison. J'aime que tout soit foutrement dur. Toi, spécialement.

Chapitre 31

Solo

L'expression de Panther n'était pas choquée, mais plutôt un mélange d'amusement et de frustration, peut-être. Comme à chaque fois que je l'ouvrais, je l'exaspérais, mais il trouvait quand même ça sexy, quelque part. Du moins, c'était ce que j'imaginais. Ses réactions pendant qu'il était à genoux la veille me le prouvaient.

— Ça devrait me faire partir, affirma-t-il.

— Alors pourquoi tu ne pars pas ?

Panther regarda sa bouteille de bière qu'il faisait rouler entre ses mains.

— Je ne sais pas. Je ne sais vraiment pas.

— Je peux t'aider.

Il leva la tête, une ligne se formant entre ses sourcils.

— Tu m'as cerné ?

— C'est facile. Tu as toujours respecté les règles et, maintenant, tu veux en briser quelques-unes.

Il grogna et secoua la tête.

— Et tu présumes que je vais les briser avec toi ?

— Eh bien, c'était ta bouche sur ma queue hier…

— Bon Dieu.

Panther regarda autour de nous, cherchant à voir si quelqu'un nous écoutait. Scoop : personne n'écoutait.

— Je peux te demander quelque chose ?

— J'ai le sentiment que je vais le regretter si je dis oui.

Je me penchai, pas pour pouvoir baisser la voix, mais pour mieux saisir sa réponse.

— Ma charmante personnalité mise à part, tu vois quelqu'un m'emmerder ?

Il fronça les sourcils.

— Quoi ?

— À la NAFTA. Est-ce que j'ai été lésé d'une manière ou d'une autre ? Reçu de la haine de la part des instructeurs ? Ou des autres stagiaires ?

— Non. De quoi tu parles…

— Je suis gay.

Alors que Panther était assis là, essayant de comprendre où je voulais en venir avec cette constatation évidente, j'ajoutai :

— Je suis gay et personne n'en a rien à foutre. Alors devine quoi ? Ils n'en auraient rien à foutre pour toi non plus.

Il me fixa, impassible, avant de bouger sur son siège.

— C'est différent…

— Pour toi ? Parce que tu es une petite chose fragile ?

Ses yeux bleus devinrent glacials.

— Tu sais pourquoi c'est différent. Mon père ferait de ma vie un enfer. Tout le monde ne peut pas être aussi insensible que tu l'es à propos de tout. Il faut que je sois malin.

Il repoussa sa bière et se leva.

— Tu sais quoi, c'était une mauvaise idée…

— Attends !

Je saisis son poignet avant qu'il ne puisse s'éloigner. Je me mis debout jusqu'à ce que nous soyons presque nez à nez.

— Je suis désolé. J'essayais juste d'aider.

En soupirant, Panther baissa les yeux sur ma main qui l'enserrait. Pendant qu'il semblait se demander s'il devait rester, je le fis se rasseoir à la table.

— Allez. Juste un dîner. On en parle plus.

Il hocha brièvement la tête et se glissa sur la banquette tandis que je l'imitais. Je fis signe au serveur pour avoir une nouvelle tournée de bière avant de finir ma première.

Pourquoi devais-je toujours me mêler de ce qui ne me regardait pas et intervenir alors que ce n'était clairement pas ce que les autres voulaient ? Je ne pouvais pas m'en empêcher. C'était comme si ma bouche avait une conscience propre et il n'y avait rien que je pouvais faire pour l'arrêter.

Mais pour Panther, juste ce soir, j'allais essayer.

— J'apprécie que tu veuilles aider, reprit-il. Mais je n'ai pas le choix pour le moment.

Je ne pus que me taire, parce qu'il avait évidemment le choix – il n'obtiendrait juste pas les réactions qu'il aimerait.

Toutefois, cette soirée n'était pas le moment d'approfondir tous ces problèmes. Il était temps de revenir à la raison pour laquelle je l'avais fait venir ici en premier lieu.

— Vous êtes un peu guindé ce soir, lieutenant Hughes, lançai-je, reprenant le ton sensuel qui lui indiquait exactement où je voulais en venir. Peut-être que quelques-uns de ces boutons pourraient s'ouvrir.

Il jeta un coup d'œil à sa chemise avant de me regarder de nouveau. La frustration avait disparu, une émotion plus légère emplissant désormais ses yeux bleus.

— Juste s'ouvrir, hein ?

Je m'adossai au dossier de la banquette et haussai les épaules.

— Ou bien… tu sais… je pourrais les arracher.

La bouche de Panther s'incurva alors que je baissais les yeux sur les boutons de sa chemise.

— Tu aimes cette idée ? Que je t'arrache ta chemise ?

Il leva sa bière à ses lèvres.

— Je ne déteste pas.

J'attrapai une chips et la trempai dans la salsa.

— Je m'assurerai de garder ça à l'esprit. Tu sais, pour plus tard.

— Plus tard ?

J'avalai ma bouchée, puis me penchai en avant, mes yeux se verrouillant à ceux de Panther pour qu'il ne se méprenne pas sur ce que j'allais dire.

— À moins, bien sûr, que tu n'aies plus faim.

Ses yeux se plissèrent. L'intensité de son regard était si puissante que je dus réajuster mon entrejambe. Il n'avait pas prononcé un mot et j'avais l'impression qu'il avait enroulé ses doigts autour de ma queue avant de me caresser longuement.

— Oh, j'ai faim.

Merde. Merde. Merde. Merde. Quand Panther devenait comme ça, comme la nuit où nous nous étions rencontrés, je pouvais m'estimer heureux de pouvoir prononcer une phrase cohérente. C'était comme s'il appuyait sur un interrupteur et que tous ses blocages, toutes ses préoccupations disparaissaient. Il adoptait alors cette attitude arrogante qui lui allait si bien.

— Ah oui ? arrivai-je à répondre, bien que j'ignore comment, vu que tout le sang dans ma tête était descendu bien plus bas.

— Oui. Mais je n'ai envie de rien qui soit sur ce menu.

Je léchai mes lèvres soudainement sèches. Quand les yeux de Panther suivirent mon geste, je gémis.

— Tu es sérieux ?

L'expression de son visage laissait peu de doute sur le fait qu'il pensait ce qu'il disait. Ses lèvres étaient serrées, ses joues légèrement rouges et il y avait un petit tressaillement dans sa mâchoire. Tous les signes qu'il était à fleur de peau comme je l'étais moi-même.

— Je ne te semble pas sérieux ?

— Tu sembles offrir de me manger, donc si ce n'est pas à l'ordre du jour, il faut tout de suite que tu arrêtes de m'allumer.

Le sourire coupable qui incurva ses lèvres sortait tout droit de tous mes fantasmes érotiques sur lui. Arrogant à mort. Lorsque je lâchai un juron, il ricana.

— Hum, et moi qui pensais que tu avais dit que tu n'aimais pas les choses faciles.

Ça suffit! Je me glissai hors de la banquette. Une fois debout, je ne me souciai pas de cacher l'effet qu'il avait sur moi – et j'étais content que Panther ne s'embête pas à prétendre de ne pas mater.

Je jetai quelques billets sur la table et me penchai jusqu'à ce que ma bouche soit à seulement quelques centimètres de la sienne.

— C'est le cas. J'aime quand elles sont bien dures. Exactement comme je le suis grâce à toi tout de suite.

Ses yeux s'enflammèrent lorsque mes yeux se posèrent sur son bas-ventre.

— Il y a un hôtel à l'extrémité nord de Boundary. Quand tu penseras être capable de sortir d'ici, viens me retrouver. En fait, ne *viens* pas : tu feras ça quand tu me retrouveras là-bas.

Je me redressai, sur le point de sortir, quand Panther attrapa ma main.

— Qu'est-ce qui te fait penser que je serai là ?

Je souris en libérant ma main.

— Parce que, comme moi, tu es incapable de garder tes distances.

Chapitre 32

Panther

J'étais en train de le faire.

J'étais en train de jeter toutes mes bonnes intentions à la poubelle pour faire ce que moi je voulais et pas ce que tout le monde voulait pour moi.

Est-ce que j'allais finir par m'en mordre les doigts ? Peut-être. Probablement. Toutefois, j'étais beaucoup plus impatient que quelqu'un me morde une tout autre partie de mon anatomie.

Je me garai dans le parking de l'hôtel, repérant tout de suite la moto de Solo. Je choisis une place à côté, hors de la vue des voitures qui passaient, juste au cas où. C'était peu probable que quelqu'un avec qui nous nous entraînions se retrouve si loin de la base, mais on ne pouvait jamais être trop prudent.

Une fois le moteur coupé, je consultai le message que Solo m'avait envoyé avec le numéro de la chambre.

Solo : «*323*»

Je traversai la réception jusqu'aux ascenseurs avec l'impression d'avoir un projecteur lumineux sur moi, comme si tout le monde savait pourquoi j'étais ici, alors que personne ne me prêtait attention du tout.

Un peu paranoïaque ?

Je pris une grande inspiration et pénétrai dans l'ascenseur avant d'appuyer sur le bouton du troisième étage. Tandis que les portes se refermaient et que je me débarrassais de ma veste, je me demandai une dernière fois si c'était une bonne idée. Cependant, je n'eus pas le temps d'en débattre. Quand la cabine atteignit sa destination et que les panneaux d'acier s'ouvrirent, la vue d'un Solo appétissant, nonchalamment appuyé contre le chambranle de la porte, me le confirma.

Ma décision était prise.

Casque en main, j'avançai tandis que les yeux de mon partenaire parcouraient lentement mon corps. C'était si intense que je pouvais sentir son regard brûlant qui s'attardait en dessous de mes hanches, provoquant une réaction viscérale que je n'avais aucun espoir de cacher.

Mon cœur battait au rythme des pulsations de ma verge, mon sang pompant de la luxure dans mes veines, mon désir prenant le dessus. Je l'avais voulu la première nuit que je l'avais vu, mais je m'étais retenu. Chaque jour depuis lors, je m'étais toujours retenu, ne m'accordant jamais le plaisir que mon corps désirait voler au sien.

Quand ses yeux remontèrent pour plonger dans les miens, il se lécha les lèvres et l'animal sauvage en moi était prêt à sortir à coups de griffes.

Je glissai mes doigts dans la taille de son pantalon et le poussai dans la pièce, laissant tomber mon casque et ma veste au sol avant de fermer la porte.

Pour une fois, Solo ne prononça pas un mot, choisissant plutôt d'agir. Parce que dès que le battant fut fermé, il lança l'assaut, attaquant ma bouche avec une telle force que je trébuchai. Il continua d'avancer jusqu'à ce que mon dos heurte la porte. Il glissa ensuite sa main entre nous et caressa ma queue gonflée à travers mon jean, l'amenant à son apogée. J'étais tellement dur que c'en était douloureux. Je m'en délectais pourtant, me remémorant ce que Solo avait dit à propos de mélanger plaisir et douleur. Le soulagement arrivait, oh bon sang, oui, il arrivait. Alors que je suçais goulûment sa langue, mon esprit se mit à réfléchir à la façon dont je voulais que les choses se déroulent.

Ça me rappelait tellement le jour où je l'avais goûté pour la première fois aux falaises. Une course effrénée, des mains et des bouches partout, tout à fait comme ce qu'il se passait à l'instant. Nous nous cherchions l'un l'autre comme si c'était une compétition. J'agrippai ses fesses, le pressant contre moi pour que ses jambes s'entrelacent avec les miennes, offrant à ma verge une délicieuse friction à chaque mouvement.

Je ne pouvais pas me rassasier de lui, de sa bouche torride et talentueuse, ni de la façon dont je sentais son érection frotter contre ma jambe, aussi avide de jouissance que la mienne.

— Putain, souffla-t-il, sa bouche toujours contre la mienne.

Il déplaça ses mains jusqu'au bouton de son pantalon et il n'en fallut pas plus. Les jeux étaient faits.

Je me repoussai du mur, rompant notre connexion lorsque je me déplaçai derrière lui avant d'avancer jusqu'à ce que son buste soit contre la porte, son derrière sexy parfaitement positionné pour mon sexe.

— Jolie manœuvre, commenta-t-il à bout de souffle en souriant tandis que mes mains le contournaient, repoussaient les siennes avant de le déboutonner et de descendre sa fermeture Éclair.

Mes mains étant occupées, il saisit l'opportunité d'atteindre la taille de mon jean, de faire sauter le bouton et de baisser ma braguette en quelques secondes.

Gourmand, gourmand…

Cependant, avant qu'il ne puisse la retirer, j'entourai son poignet de mes doigts, le maintenant en place derrière son dos. Quand il se rendit compte de son erreur, il m'observa par-dessus son épaule. Le scintillement dans ses yeux m'apprit qu'il prenait complètement son pied avec cette nouvelle restriction.

— Et maintenant, lieutenant ?

Enfoiré arrogant. Je raffermis ma prise et le poussai en avant jusqu'à ce qu'il soit obligé de tourner la tête ou de risquer de se casser le nez. Sa joue pressée contre la porte, je me collai à lui pour que son cul soit en contact avec ma verge.

— Je vais dégager ce putain de pantalon et te donner enfin ce que tu réclames depuis cette première fois où tu t'es assis à côté de moi.

Solo s'appuya contre mon corps, son regard brûlant quand il trouva le mien.

— Et que penses-tu que je réclamais ?

C'était une question rhétorique, étant donné qu'il était déterminé à ce que nous nous retrouvions nus tous les deux ces deux dernières semaines, mais il semblait qu'il aimait faire usage de *tous* ses sens quand il s'agissait de sexe.

Je baissai la tête et passai ma langue le long de sa joue.

— Une baise si torride et intense que tu auras du mal à marcher demain.

Si je pensais une seule seconde que ça ferait taire Solo, j'avais tort.

— Demain, hein ? T'as une sacrée endurance.

Je poussai mes hanches en avant.

— Bordel, t'as vraiment une grande bouche.

— Humm, fais-moi confiance, ce soir, ça va jouer en ta faveur.

Impossible de résister à cette promesse torride. Je pressai alors mes lèvres contre les siennes dans un baiser brutal et intransigeant qui le fit résister à mon emprise pour s'approcher davantage. Quand je relevai la tête, ses gémissements de protestation me firent sourire.

— Je n'oublierai pas de te le rappeler. Maintenant, ne bouge plus.

— Oui, monsieur, souffla Solo comme il l'aurait fait à l'entraînement avec un clin d'œil.

Avant d'être tenté de m'emparer de nouveau de sa bouche pour lui donner une leçon, je relâchai sa main et attrapai son pantalon.

Je glissai mes doigts à sa taille et me baissai derrière lui, tirant sur les couches de vêtements pour révéler la courbe de son cul franchement parfait.

Alors que je m'agenouillais derrière lui, je vis un tatouage apparaître à l'arrière de sa cuisse droite. Merde, était-ce la surprise à laquelle il avait fait allusion tout à l'heure quand j'avais posé la question ? Je retirai lentement le tissu et le contour d'une étoile se dessina. Pas seulement une, cependant, ça aurait été trop subtil pour lui. Oh non, il y en avait quatre, descendant le long de sa cuisse musclée jusqu'à l'intérieur, proche de son genou. Je laissai le vêtement tomber à ses pieds et me délectai de la vue des étoiles, ma verge poussant contre la barrière de mes propres habits.

Putain. C'était un tatouage vraiment sexy. Et avant même que je ne sache ce que je faisais, j'étais à genoux, j'agrippais ses hanches nues et me penchais pour tracer le contour de l'étoile au centre de sa cuisse avec le bout de ma langue.

Solo gémit et me jeta un coup d'œil par-dessus son épaule. Quand je levai la tête vers lui et le léchai de nouveau, il me lança un sourire qui aurait pu rivaliser avec celui du diable.

— Tu aimes ?

Je glissai ma langue vers le haut de sa cuisse, jusqu'à ce que je puisse pincer la courbe inférieure de ses fesses. Je hochai la tête.

— Vraiment beaucoup.

Je détachai mes yeux des siens et les baissai de nouveau sur la petite surprise que je venais de découvrir. Je suivis les lignes avec le bout de mes doigts, la chair de poule se répandant sur la peau de Solo. Je laissai ensuite retomber ma main, m'assis sur mes talons et ordonnai :

— Enlève tes bottes et ton pantalon, Mateo.

Chapitre 33

Solo

Le Panther autoritaire était désormais au sommet de ma liste de fantasmes érotiques. Tandis que je me débarrassais de mes bottes ainsi que du pantalon et caleçon qu'il avait baissés sur mes chevilles, je me souris à moi-même.

Cette langue traçant mes tatouages s'était avérée imprévisiblement sexy. De même que l'était l'image de lui assis sur ses talons à mes pieds, ses yeux parcourant mon corps comme s'il se demandait où il allait me toucher et me goûter ensuite.

— N'importe où, répondis-je à la question tacite flottant dans la pièce.

Il m'observa alors avec un regard en fusion. Il se redressa ensuite sur ses genoux et empauma mon cul de ses mains puissantes, le palpant. Je gémis et poussai mes hanches en arrière.

Quelques secondes plus tard, sa bouche effleurait ma peau, ses dents me pinçaient. Même si j'appréciais chaque morsure, j'avais besoin de plus et tout de suite.

— Arrête avec ces putains de préliminaires, râlai-je. Je n'en ai pas besoin.

Instantanément, sa bouche s'éloigna et je regrettai mes mots. Toutefois, quand je le sentis se relever derrière moi, ôtant mon tee-shirt au passage, je frissonnai d'anticipation.

— Dans ma poche de pantalon, soufflai-je la tête baissée vers mes vêtements au sol, mes mains toujours contre la porte. Du côté gauche.

Panther pêcha les préservatifs et le lubrifiant que j'avais été suffisamment intelligent pour apporter ce soir. Il pressa ensuite son corps toujours complètement habillé contre le mien. Il atteignit mon oreille, aspirant mon lobe et ma boucle d'oreille dans sa bouche, me faisant bander encore plus fort. Ses doigts lubrifiés glissèrent ensuite dans la fente entre mes fesses.

Oui ! Oh, bon Dieu, oui !

D'une main, il écarta mes lobes. Lorsque son doigt trouva mon entrée bouillante et commença à la masser pour y pénétrer, j'inclinai mon torse et me repoussai contre lui.

— Bon sang.

Il prit une inspiration tremblante, son doigt fermement en moi, et commença à bouger.

— Un autre, quémandai-je.

Deux doigts et un orgasme juste à portée… c'était une torture. De la torture pure et simple que je mourais d'envie d'expérimenter encore davantage, mais Panther restait inaccessible. Je ne déconnais pas quand j'avais dit que je m'en tapais des préliminaires. Je voulais que sa queue me cloue à la porte sans pitié, comme je savais qu'il avait envie.

Tendant la main derrière moi, je m'emparai de l'érection gonflée derrière son caleçon, le faisant haleter.

— Tu es prêt, hein ? observa-t-il, sa queue palpitant dans ma main, prête à trouver son chemin.

— J'étais prêt au bar il y a deux semaines.

— Humm.

Ses doigts quittèrent mon corps. Je l'entendis ensuite déchirer l'emballage du préservatif et se préparer.

— Vas-y, implorai-je, calant mes mains plus haut sur la porte et inclinant mon cul dans sa direction. Baise-moi jusqu'à ce que je ne puisse plus marcher, comme tu me l'as promis.

Envolé, l'homme se retenant de faire ce qu'il voulait. À la place, il n'y avait qu'un désir animal qui suppliait d'être rassasié. D'un coup sec, Panther poussa à l'intérieur de moi. Jusqu'à la garde, ses muscles tendus, il resta plaqué contre moi, comme si la sensation de sa verge à l'intérieur était trop intense et qu'il avait besoin d'une seconde pour retrouver ses repères.

Ses dents trouvèrent ensuite la jonction entre mon cou et mon épaule. Tandis qu'il me mordait, suffisamment pour m'infliger un pic de douleur qui descendit directement dans mon sexe, il commença à se mouvoir. Ce n'était pas lent, mais un va-et-vient brutal de ses hanches, du genre à faire rouler mes yeux à l'arrière de ma tête et sortir des jurons de ma bouche.

J'avais su que ça serait torride. J'avais su que ça serait bon. Ce que j'avais ignoré en revanche, c'était qu'avoir Panther en moi ne ressemblait à rien de ce que j'avais ressenti auparavant. Il était fort, vigoureux et tout aussi avide que je l'étais. Alors qu'il me baisait comme si c'était la dernière fois, je fis tout ce que je pus pour rester debout.

— Bordel, gronda-t-il dans mon oreille.

Il leva une main et agrippa mon épaule, me ramenant contre son corps. Il toucha le fond et se figea.

— Tu as le cul le plus étroit que j'ai jamais connu.

Je me tendis et me contractai autour de sa hampe, lui donnant raison. Il enroula ensuite son autre main autour de ma taille et empoigna mon érection.

— Aah, putain !

Mes hanches donnèrent un coup en avant, me faisant glisser le long de l'épaisse tige à l'intérieur de moi. Quand

Panther suivit le mouvement, me forçant à revenir contre la porte, je m'accrochai.

Et heureusement, parce qu'à cet instant, il sembla que tout ce qu'il avait retenu se libérait enfin. Il posa une main sur la porte à côté de ma tête et saisit ma taille de l'autre. Pendant qu'il me pénétrait encore et encore à un rythme acharné, je fermai les yeux et laissai un sublime sentiment d'extase m'envahir.

C'était ce que j'avais voulu depuis que je l'avais vu entrer dans ce foutu bar : son corps martelant le mien jusqu'à ce que je sois fou de désir. Tandis qu'il se tendait derrière moi et me pénétrait aussi profondément qu'il le pouvait, Panther cria mon nom comme s'il priait et jouit longtemps et intensément en moi.

Quand l'écho de mon nom s'estompa et que le corps ferme derrière le mien se retira, je gémis à cause de sa soudaine absence, mais me tournai pour m'appuyer contre la porte. Je voulais voir de mes propres yeux cet homme sexy qui venait de me baiser comme s'il n'y avait pas de lendemain.

Ma verge était toujours tendue, souffrant de cette baise, mais jalouse de ne pas avoir participé. J'enroulai ma main autour. Panther se tenait à moins de trente centimètres de moi, les joues rouges, les paupières lourdes, son pantalon envolé, mais sa chemise toujours parfaitement boutonnée. Il déroula le préservatif, le jeta et me regarda.

— Mon tour, déclarai-je.

Chapitre 34

Panther

Bon sang ! Ça avait été la baise la plus torride de ma vie. Toutefois, vu l'expression dans les yeux de Solo lorsqu'il se retourna pour me faire face, c'était loin d'être fini. Et même si je venais de jouir longtemps et avec force à l'intérieur de lui, je pouvais de nouveau sentir un frémissement dans ma queue, tout ce désir refoulé courant toujours dans mes veines.

Comment pourrait-il en être autrement avec un Solo nu devant moi, son érection dressée, épaisse et dure, attendant pas si patiemment son tour de jouir ?

Je n'avais encore jamais eu de vue d'ensemble de l'homme devant moi dans toute sa splendeur, mais le regarder maintenant était foutrement incroyable. De fortes cuisses musclées qui cachaient ces tatouages sexy enroulés derrière une jambe. Les muscles de ses bras qui se tendirent lorsqu'il les contracta et fit un pas vers moi. Les petits anneaux dans ses oreilles scintillant dans la lumière déclinante qui pointait entre les rideaux fermés.

Il s'approcha de moi de la manière dont l'aurait fait mon animal totem. Sans qu'il prononce un mot, je sus exactement ce qu'il allait faire ensuite. Solo attrapa ma chemise, m'attirant pour un baiser si profond qu'il me coupa le souffle. Il défit les deux premiers boutons de ma chemise, puis s'éloigna et avec ses deux mains déchira le tissu par le milieu. Les boutons s'envolèrent pendant qu'il me contemplait.

— Oups.

C'était un sacré numéro et je ne pus m'empêcher de rire devant le culot qu'il affichait face à absolument tout.

— Tu aimes toujours ça ? demanda-t-il.

— Je ne déteste pas.

Je me débarrassai de ma chemise déchirée, la laissant tomber sur le sol. J'ôtai ensuite mes chaussures ainsi que mon pantalon et mon caleçon qui étaient toujours autour de mes chevilles.

— Le retour à la caserne risque d'être intéressant.

Mais Solo n'écoutait pas. Avec mon corps nu exposé pour lui, il était trop occupé à se rincer l'œil. Il posa ses mains sur mon torse, faisant des cercles autour de mes mamelons sensibles avec ses pouces avant de descendre le long de mes abdos.

— Ton corps…

Ses mains s'arrêtèrent sur le V de mes hanches. Il se pencha, ses mots comme un souffle sur ma bouche.

— Je veux le détruire.

Avant que je n'aie le temps de réaliser ce qu'il allait faire, il me poussa en arrière brutalement. Lorsque je tombai sur le lit, il rampa le long de mon corps comme s'il était en train de traquer une proie.

Eeeet voilà. Officiellement en érection de nouveau.

— Je veux le sentir demain, déclarai-je comme un défi.

Je me remontai sur le lit pour m'y allonger totalement. Puis, parce que je me sentais particulièrement détendu après un orgasme si explosif, j'ajoutai :

— Faites de votre pire, lieutenant.

Solo grogna et posa une main de chaque côté de ma tête. Il roula ensuite des hanches, glissant sa queue nue le long de la mienne.

— Humm, souffla-t-il, ses lèvres au-dessus des miennes.

Au moment où je levai la tête pour les embrasser, il se déplaça hors de ma portée, me repoussant sur le matelas.

— Je te l'ai dit, c'est mon tour.

Son ton arrogant rendit ma queue incroyablement dure. Lorsqu'il ajouta « Mets tes pieds à plat sur le lit », je dus faire appel à toute ma volonté pour ne pas jouir.

Pliant mes jambes, je fis ce qu'il demandait. Quand Solo baissa la tête pour presser ses lèvres sur mon mamelon, mon pouls s'accéléra. Il effleura et suça le bout sensible jusqu'à ce qu'un grognement sourd m'échappe. Il releva ensuite la tête, me sourit et commença à tracer un chemin de baisers le long de mon corps.

Au moment où il passa ses lèvres le long de mon sternum et des lignes de mes abdos, mon corps se souleva du lit pour se rapprocher de cette bouche aguicheuse. Je tendis la main vers sa tête et passai ma paume à l'arrière de ses cheveux. Quand j'eus une bonne prise, je le poussai à descendre plus bas. Il obtempéra, suivant les sillons de mon corps jusqu'à ce qu'il arrive au V que formaient mes jambes.

Ses yeux trouvèrent les miens et le désir diaboliquement brûlant qui y tourbillonnait me fit soulever les hanches. Mais cet enfoiré d'allumeur secoua la tête et m'ordonna un « Ne bouge pas » avant de descendre du lit.

Un flash-back de la nuit où je l'avais jeté de ma chambre revint à toute allure, déclenchant dans ma verge un élan de panique momentanée. Toutefois, à l'instant où Solo ramassa son pantalon pour en sortir un préservatif et un sachet de lubrifiant, je laissai échapper une prière silencieuse.

J'aurais dû m'en douter. Solo n'irait nulle part avant d'obtenir ce qu'il voulait. À en juger par son membre impatient qu'il était désormais en train de couvrir, ça impliquait de se retrouver profondément en moi.

Tandis qu'il revenait au bout du lit en me contemplant, il ouvrit le lubrifiant, en pressa le contenu dans sa paume et tendit ensuite la main pour se caresser. Et bon sang !

La vue de Solo en train de se masturber en m'observant, c'était le kiff total. À tel point que j'écartai davantage les jambes, attrapant ma propre érection pour imiter son mouvement.

— Bordel, Grant ! Putain.

La voix de Solo était tendue comme si les chaînes qui le retenaient étaient sur le point de se briser. Quand je soulevai les hanches pour lui offrir une meilleure vue, une lueur sauvage passa dans ses yeux et il grimpa sur le lit.

Son attention maintenant concentrée sur ce qu'il était sur le point de glisser en moi, il se déplaça entre mes jambes et lâcha son sexe pour passer une main sur le dessus de mes cuisses. Puis, ses yeux verrouillés aux miens, il fit remonter ses doigts sur l'extérieur de mes jambes et les crocheta sous mes genoux avant de me tirer plus bas sur le lit, plus près de lui.

Il atteignit ensuite mes testicules et ma fente pour y faire courir ses doigts glissants.

— Remonte tes genoux, ordonna-t-il, l'expression dans son regard me mettant au défi de contester.

Mais pas cette fois. J'étais trop excité pour faire autre chose que ce qu'il exigeait. Alors que je saisissais mes genoux et les tirais sur mon torse, Solo lâcha un grondement rauque d'approbation.

— Bordel, oui ! jura-t-il en faisant traîner ses doigts jusqu'à mon orifice avide.

Ça faisait longtemps que je ne m'étais pas envoyé en l'air proprement, mais je savais que Solo était sur le point d'arranger ça. Et j'avais hâte.

Chapitre 35

Solo

Je ne pouvais pas décider ce qui était le mieux : Panther étalé sous moi ou la sensation lorsque je le pénétrai avec mes doigts. Le gémissement qu'il lâcha tandis que j'étirais son orifice était si sensuel et si empli de désir que ça me poussa à continuer, plus vite, plus profondément, exacerbant mon besoin d'être en lui.

Avec ses yeux clos et sa bouche entrouverte, il ressemblait au plus sexy des péchés qui avait jamais partagé mon lit. J'allais mémoriser chaque seconde de cette soirée. J'espérais vraiment que ça ne serait pas la dernière fois que je l'aurais sous moi, mais je n'allais pas penser à ça maintenant. Tout ce que je voulais, c'était donner autant que j'avais reçu.

— Tu as raison, souffla Panther en ouvrant les yeux et en se mordant la lèvre. Pas besoin de préliminaires ce soir.

Il se contracta autour de mes doigts et n'eut pas besoin d'en dire plus. Je retirai ma main avant de prendre le temps de glisser ma queue à la place, observant chaque petite émotion traverser son visage tandis qu'il m'accueillait en lui centimètre après centimètre.

— Oh putain !

Je laissai retomber ma tête alors que je le pénétrais aussi loin que je pouvais, frissonnant face à la pression intense et au plaisir qui manqua presque de me faire perdre le contrôle.

Hors de question. Ça n'arrivera pas. Pas tout de suite, bordel!

— C'est trop bon, murmura Panther.

Il agrippa les draps à côté de nous tandis que je me mettais à bouger lentement, m'assurant que je ne jouirais pas trop tôt. Je n'étais pas prêt pour que ça se termine, pas alors que nous venions juste de commencer.

— Oui. Tu l'es, lui assurai-je, le bout de ma verge encore à l'intérieur avant de le pénétrer de nouveau d'une seule poussée.

Le cri qu'il poussa était si érotique que je sus que je ne l'oublierais jamais. Alors que je continuais de m'enfoncer en lui, il attrapa mes avant-bras et les serra.

— Donne-moi tout ce que tu as, exigea-t-il, son orifice étroit enserrant ma queue comme un étau.

J'interrompis mon mouvement et me redressai. J'attrapai ensuite l'arrière de l'un de ses genoux et le poussai sur son torse, me donnant un meilleur angle.

— Laisse-moi te voir te toucher pendant que je te baise.

Les pupilles de Panther étaient pratiquement dilatées, sans presque aucune trace de bleu lorsqu'il se saisit de son membre et commença à se caresser.

— Oui…

J'accélérai alors le rythme. Plus j'allais vite, plus fort il pompait sur son sexe. C'était une vision torride de contempler cet homme habitué à suivre les règles se décomposer complètement sous moi et grâce à moi. Je ne pensais pas qu'il puisse exister quelque chose de plus sensuel que ça jusqu'à ce qu'il émette un gémissement sourd purement sexuel.

Je lâchai sa jambe et m'allongeai sur lui, désireux de le goûter. Au moment où je plaçai mes mains de chaque côté de sa tête, Panther enroula ses jambes autour de mes fesses, m'attirant encore plus profondément en lui.

Bordel, je pouvais sentir ma queue palpiter, menacer d'exploser avant que je ne sois prêt. Lorsque je mordillai sa lèvre inférieure, il ouvrit automatiquement la bouche pour moi et je glissai ma langue à l'intérieur, son goût me faisant gémir.

Il était la combinaison parfaite du péché, de sexe et d'homme. Quand il commença à se tortiller sous moi comme s'il ne pouvait supporter de rester immobile, j'enfonçai mes doigts dans les couvertures à côté de sa tête et le baisai comme je l'avais toujours imaginé.

Avec des mouvements brutaux et rapides, je le pilonnai sur le matelas, remplissant la promesse que je lui avais faite qu'il s'en souviendrait le lendemain. Au même moment, Panther glissa les bras autour de mon cou et s'accrocha.

Nous étions aussi intimement liés qu'une liane à un arbre, chacun de nous étroitement enlacé avec l'autre. Je ne pouvais pas dire où son corps commençait et où le mien finissait, mais quand ses muscles se contractèrent et qu'il se tendit sous moi, libérant sa bouche, je fixai ses yeux ardents et sentis mon orgasme dévaler le long de ma colonne vertébrale jusqu'à mes testicules.

— Mon erreur préférée de tous les temps, putain, déclara Panther d'une voix qui me poussa par-dessus le précipice.

Il se cambra alors et écrasa ses lèvres sur les miennes, alors que je m'enfonçais en lui une dernière fois.

Chapitre 36

Panther

J'ouvris les yeux pour voir une lumière vive filtrer à travers les rideaux. Je n'avais aucune idée de l'heure qu'il était. Quand je tendis le bras pour saisir mon téléphone, chaque muscle de mon corps protesta.

— J'y suis allé trop fort ?

La voix éraillée de Solo me fit tourner la tête. Il était étendu sur le ventre à côté de moi, ses bras enroulés autour d'un oreiller, les paupières closes.

— Je suis à peu près sûr que j'ai besoin d'un bain glacé, affirmai-je en ricanant, en prenant mon téléphone pour voir l'heure.

Il était encore tôt, à peine six heures passées, mais vu que nous nous étions écroulés bien après minuit, la nuit n'avait pas vraiment été reposante.

Je ne m'en plaignais pas.

— Je vais prendre ça pour un compliment, renchérit Solo en souriant. On est en retard ?

— Nan.

Je reposai mon portable sur la table de chevet et me tournai sur le côté pour lui faire face. Ses yeux commençaient enfin à s'ouvrir, même si ça semblait lui demander un effort considérable.

— Je n'arrive pas à bouger, reprit-il, ses mots étouffés par l'oreiller. Peut-être que tu devrais me réveiller.

Il agita ses sourcils de façon suggestive et je ris.

— On est à court de préservatifs depuis deux heures du matin.

— Ah merde. C'est vrai.

Il fallait que je me lève, que je m'habille pour pouvoir retourner dans ma chambre prendre une douche, mais je n'arrivais pas à bouger. Nous avions passé des heures à nous jeter l'un sur l'autre comme si nous disputions des rounds d'un match de MMA. Résultat, j'étais sûr qu'en me regardant dans le miroir plus tard, je me trouverais des bleus ou autres types de marques.

Mais bon sang… Je ne savais pas ce que je manquais en envoyant promener Solo. Ou peut-être que j'avais su au fond de moi et que je ne voulais pas qu'un simple aperçu se transforme en envie irrésistible. Il avait été le coup le plus torride et le plus obscène de ma vie ; il avait tenu toutes ses promesses et même plus. Il était le même, qu'il soit en l'air ou dans un lit : arrogant, mais avec les compétences pour le justifier, agressif… et imprédictible. Ce serait dangereux pour moi de devenir accro à un mec comme lui.

Ça n'arriverait pas, néanmoins. Ce truc entre nous était bouillant pour sûr, mais ça n'irait nulle part et nous le savions tous les deux.

— Tu réfléchis très fort.

Je tournai la tête pour constater que ses yeux étaient de nouveau fermés.

— Comment tu le sais ?

— Je peux entendre les rouages tourner. Tu ne t'arrêtes jamais ?

Je roulai sur le côté pour lui faire face et laissai mes yeux errer sur la peau douce de ses bras qui étreignaient l'oreiller.

— Je suis plutôt sûr d'avoir fait une pause hier soir.

Il ouvrit ses yeux et ils étaient magnifiques. Ce n'était pas quelque chose que je lui dirais un jour, mais je n'avais jamais vu des cils si épais sur un homme avant. Ça aurait dû être ridicule, comme s'il les avait soulignés d'un trait d'eyeliner et pris le temps d'appliquer du mascara, mais je savais que ce n'était pas le cas. Ses yeux étaient toujours aussi captivants, toujours aussi envoûtants, et ne pas les fixer était rapidement en train de devenir un problème.

— Humm, vraiment ? Et ?

Je ne pus retenir mon sourire.

— Est-ce que c'est ta façon de demander si je regrette ?

— Bien sûr, on peut dire ça. Mais personnellement, j'aurais plutôt choisi : est-ce que c'était aussi bon pour moi que ça l'était pour toi ?

— Un sentiment d'insécurité ?

Solo ricana, puis roula sur le dos, le drap glissant jusqu'à ce qu'il couvre à peine ses hanches.

— Est-ce que j'ai l'air de douter de moi selon toi ?

Je laissai mes yeux parcourir son corps et sentis mon membre se réveiller.

— Tu as l'air foutrement incroyable selon moi.

Il tourna vivement sa tête sur le côté pour me regarder.

— Ah oui ?

— Putain, oui. Mais ne prends pas cet air choqué avec moi. Tu connais ton potentiel. Tu as été clair le soir où on s'est rencontrés.

— Eh bien, oui. Mais tu ne l'as jamais admis, donc je n'étais pas sûr de ce que tu pensais.

Sans même y réfléchir, je me glissai sur lui, appuyant mes mains de chaque côté de sa tête sur l'oreiller, le drap glissant de mes fesses nues, mais jouant toujours le rôle de barrière entre nous.

Roulant mes hanches au-dessus des siennes, je déclarai :

— Je crois que ça va être très difficile d'être dans la même pièce que toi maintenant sans penser à ton expression et aux sons que tu émets quand tu jouis.

— Bordel…

Solo se cambra sous moi, son érection frottant contre la mienne à travers le drap, rendant la friction encore plus sensuelle.

— Je pense aussi que tu es un des plus beaux hommes que j'ai vus de ma vie. Ça ne va pas m'aider à oublier la nuit dernière.

Les yeux de Solo se plissèrent. Quand je voulus me détacher de lui pour pouvoir me lever et me préparer, il tendit les bras qu'il enroula autour de mon cou avant de m'attirer à lui pour aspirer ma lèvre inférieure dans sa bouche.

Un grondement sourd de plaisir m'échappa.

— Pourquoi voudrais-tu oublier quelque chose d'aussi torride que ça ? s'indigna-t-il en me relâchant.

Pourquoi en effet…

Ma bouche s'ouvrit pour lui tandis que je continuais de frotter mon érection matinale contre la sienne. Une dernière fois ne pourrait pas faire de mal, hein ?

Manifestement sur la même longueur d'onde, Solo déplaça sa main sur mes fesses, les agrippant fermement pour me maintenir là où j'étais.

— Ça doit être pour ça qu'on dit « l'avenir appartient à ceux qui se lèvent tôt », murmura-t-il contre ma bouche.

Il m'attira ensuite pour un autre baiser alors que nos hanches bougeaient plus vite l'une contre l'autre.

J'ignorais où nous trouvâmes l'énergie pour un autre round, mais nos verges étaient visiblement capables de penser par elles-mêmes.

Laissant tomber ma tête dans le cou de Solo, j'accélérai la cadence. La friction du drap et de sa queue chaude et tendue contre la mienne était tout ce qu'il me fallait pour que mon orgasme monte… monte…

— Putain ! cria-t-il, la force de sa jouissance le faisant se tordre sous moi.

Ce fut suffisant pour m'envoyer au bord du précipice. Je poussai mes hanches contre les siennes une fois, deux fois, et… *Bon sang !* Je jouis si fort que j'en tombai presque dans les pommes, étouffant mes gémissements dans le cou de Solo.

Je ralentis mes mouvements et je me laissai aller de tout mon poids sur lui. Il enroula ses bras autour de ma taille.

— Je ne vais pas te laisser oublier, alors n'essaie même pas.

Je souris contre lui et levai ensuite la tête.

— Si tu pouvais laisser ces rappels en dehors de la salle d'entraînement, j'apprécierais.

— Est-ce que tu es en train de m'accuser d'avoir une grande gueule ?

— La plus grande que j'ai jamais vue.

Il sourit.

— C'est pour mieux l'utiliser sur toi.

Il me mit une tape sur les fesses, me poussant dans la preuve collante de ma jouissance, et je gémis.

J'enlevai ses mains avant de me mettre debout.

— J'ai besoin d'une douche.

— Super, je viens avec toi.

Lorsqu'il s'assit, je le repoussai sur le lit.

— Pas ici.

— Pourquoi pas ? Tu penses que je ne vais pas pouvoir m'empêcher de te toucher ?

Je posai mes mains sur le lit et me penchai jusqu'à ce que nous soyons nez à nez.

— Je sais que tu ne pourras pas.

Chapitre 37

Solo

Si nous n'avions pas déjà baisé toute la nuit, j'aurais pu traiter Panther d'allumeur. Dans le cas présent, je ne savais même pas comment ma queue fonctionnait encore, mais j'avais conscience que ce n'était qu'une question de minutes avant que je sois prêt à recommencer.

Panther se tenait près du lit, étirant ses membres qui devaient être endoloris s'il se sentait un tant soit peu comme moi. J'ignorais comment j'avais réussi à m'extraire du lit, parce que mon corps était si épuisé que je le sentirais pour plusieurs jours. Bon sang. Qui aurait pu croire qu'un animal insatiable se cachait sous ce comportement irréprochable.

Tandis que Panther cherchait ses vêtements dans la chambre, je m'essuyai avec le drap avant de le repousser. Mes bras croisés derrière ma tête, je le regardai se pencher pour attraper sa chemise ruinée, exposant son cul spectaculaire. Je savais qu'il s'entraînait – je l'avais vu dans la salle de musculation et partir courir – mais l'avoir nu devant moi était quelque chose de complètement différent.

Il jeta un regard à sa chemise déchirée et secoua la tête.

— Comment est-ce que je suis censé faire pour le trajet du retour ?

— Ne la remets pas. Ton corps est foutrement sexy. Ne remets pas ton pantalon non plus.

Il ricana. Même ce rire grave était attractif chez cet enfoiré.

— Je pense que le trajet risquerait d'être inconfortable.

— Oui, tu as probablement raison. De plus, je ne veux pas que tu abîmes quelque chose dont je pourrais me servir plus tard.

Il regarda autour de la pièce, cherchant clairement une solution viable.

— Enfile juste ta veste. Humm, ouais. Jean, bottes, veste en cuir et rien d'autre. C'est une vision qui peut me servir après ton départ.

— *Après* mon départ ? questionna-t-il en se dirigeant vers la porte de la salle de bains. Il faut que tu te bouges le cul et que tu rentres à la base quand je serai parti ou tu risques d'être en retard.

— Eh, je ne me fais pas de souci pour quelques minutes.

— Quelques minutes tous les jours, ça s'additionne vite, tu sais.

— Oui, chef.

Je lui fis un salut militaire depuis l'endroit où j'étais allongé sur le lit et il me répondit par un doigt d'honneur.

— Je n'en ai que pour quelques minutes, précisai-je.

— *Quelques* minutes, répéta-t-il. On affronte les instructeurs aujourd'hui, alors sors ton derrière du lit et fais semblant de te préoccuper de ta place à l'académie.

— C'est le cas. Je suis juste concentré pour le moment. Est-ce que c'est ma faute si ton cul me distrait ?

— Debout. *Maintenant.*

Je m'assis et retirai l'oreiller de sous ma tête avant de le jeter à travers la pièce. Il heurta les fesses nues de Panther juste avant qu'il ne disparaisse derrière la porte close.

Même si je détestais l'admettre, il avait raison. J'avais déjà été en retard quelques fois et, honnêtement, le commandant Levy cherchait probablement une excuse pour m'arracher la tête. Je balançai donc mes jambes hors du lit et fis craquer ma nuque. Derrière la porte de la salle de bains, je pouvais entendre le robinet couler – Panther se nettoyant rapidement avant de remettre son jean, à mon avis. Lorsque je me mis debout et étirai mon dos, je me délectai de la délicieuse douleur.

Bon sang. J'avais souhaité le sentir ce matin et c'était le cas. Panther ne m'avait pas épargné. Je ne m'étais jamais senti aussi satisfait depuis… toujours.

Juste au moment où cette pensée pénétra mon esprit, la porte de la salle de bains s'ouvrit et Panther en sortit habillé comme je l'avais suggéré. Avec sa barbe d'une nuit et ses cheveux plaqués en arrière, ce fut un miracle que mes genoux ne cèdent pas.

Il avait l'air foutrement sexy.

Me fichant complètement de mon manque de vêtements, j'avançai vers lui et tendis la main pour toucher la chaîne de ses plaques d'identification. Je crochetai ensuite mon doigt derrière elle et l'attirai à moi pour m'emparer de ses lèvres une dernière fois.

Il entrouvrit la bouche immédiatement, profitant de ce dernier moment avant que nous ne soyons obligés de rentrer à la base et de prétendre que rien n'avait changé depuis la veille. Mais quand il enroula ses bras autour de ma taille et me plaqua contre son corps, je compris que nous ne pourrions pas le nier : tout avait changé.

Lorsque nous nous séparâmes, Panther s'empara de la poignée de porte derrière lui. Je me dirigeai dans la salle de bains, sur le point d'aller me préparer. Mais avant de fermer la porte, je l'entendis appeler mon nom. Pas mon vrai nom, mais mon nom de code : Solo.

Je l'observai par-dessus mon épaule. Ce fut à cet instant qu'il devint clair comme de l'eau de roche que Panther ressentait aussi des choses qui n'existaient pas le jour d'avant, parce qu'il affichait cette expression insondable familière.

— Ne crois pas que ça change quoi que ce soit. On est toujours en compétition, tu sais.

Je savais qu'il essayait de rétablir une certaine distance avant de voir les autres en classe, mais c'était trop tard. Je ne pouvais pas effacer ça de ma mémoire ni prétendre que ce n'était pas arrivé. Je le parcourus alors des yeux et attrapai ma queue pour lui donner une caresse audacieuse.

— Pour autant que je sache, nous n'avons jamais *cessé* d'être en compétition. La seule question, c'est de savoir lequel de nous deux aura le dessus la prochaine fois.

Sur ces mots, je claquai la porte de la salle de bains derrière moi.

Chapitre 38

Panther

J'arrivai à l'entraînement avec seulement quelques minutes d'avance après avoir pris ma douche en un temps record et changé de vêtements. Le reste des gars étaient déjà en classe à attendre le briefing du jour. Lorsque je passai la porte et repérai Solo assis à sa place habituelle au fond à côté de Gucci, je dus y regarder à deux fois pour être sûr que je n'avais pas d'hallucination.

Comment m'avait-il devancé en classe, bon sang ? J'étais parti avant lui. Bordel, la dernière fois que je l'avais vu, il était à poil et pas pressé de bouger. Toutefois, quand Houdini me vit et m'interpella, Solo se tourna dans ma direction, leva son bras et tapota sa montre.

Petit malin. Il s'est téléporté ou quoi ?

— Il était temps que tu montres ta sale gueule, m'accueillit Houdini tandis que je me glissais derrière mon bureau. Tu n'es pas en retard habituellement. Tout va bien ?

Avec Solo qui écoutait sans aucun doute par-dessus mon épaule, il était absolument hors de question que je dise non. Au lieu de quoi, je hochai la tête à l'intention d'Houdini et sortis mon classeur.

— Tout va bien. Je n'ai pas entendu mon réveil, c'est tout.

Houdini ricana.

— C'est tout ? Tu t'es couché tard ou quoi ?

— Je n'arrivais pas à dormir. Laisse tomber.

Derrière mon épaule, je sentis un souffle effleurer ma nuque avant que Gucci n'ajoute :

— Tu as peur d'affronter le commandant, hein ?

Je jetai un coup d'œil à l'acolyte de Solo et haussai un sourcil.

— Est-ce que j'ai l'air d'avoir peur selon toi ?

Mon ton amusé le poussa à se rasseoir dans son siège. Mes yeux accrochèrent ensuite Solo qui m'observait attentivement en faisant tournoyer un stylo entre ses doigts. Ceux-là mêmes qui étaient en moi la nuit dernière.

Merde. Ne pense pas à ça.

— Je ne pense pas qu'il ait peur, Gucc'. Mais peut-être que quelque chose d'autre l'a tenu éveillé hier soir.

Je ne sais pas si c'était juste moi, mais j'aurais pu jurer que Solo avait accentué le mot « *tenu* ».

— Il n'y a qu'une seule raison pour laquelle je me pointerais en retard pour un vol contre le commandant, ajouta-t-il en me regardant. Et il aurait intérêt d'être à la hauteur du coup de pied au cul que je recevrais.

Cette bouche ! Je n'étais pas certain de savoir si je voulais la frapper ou la baiser à fond. En fait, si, je savais. Toutefois, penser à ça maintenant n'allait rien m'apporter de bon. Je me retournai donc face à mon classeur et portai un grand intérêt aux mots qui y étaient écrits. Ce qu'ils signifiaient restait encore à déterminer.

— Très bien, tout le monde est là ? demanda le commandant Levy en passant la porte.

Il se dirigea ensuite à l'avant de la classe. Quand il me repéra, il me fit un petit signe de tête.

— C'est aimable à vous de nous rejoindre, lieutenant Hughes.

Bon sang ! Je n'avais pas été en retard. Je suppose qu'il avait dû passer sa tête dans la salle en avance. Génial, cette journée commençait en beauté.

— Comme vous le savez tous, aujourd'hui est le jour où vous allez me montrer ce que vous valez. Ça fait deux semaines qu'on a commencé. Je veux voir si vous avez été attentifs ici et si vous avez appris quelque chose là-haut.

Alors qu'en temps normal, quelqu'un aurait eu quelque chose d'arrogant ou de prétentieux à dire à propos du vol à venir ou de la façon dont il allait tout déchirer, à cet instant, personne n'osa prétendre qu'il pouvait ou allait battre le commandant Levy.

Même si j'étais à peu près certain de connaître une certaine personne qui imaginait pouvoir gagner dans le ciel contre tous ceux qu'il affronterait – ou mourir en essayant.

— Je présume que vous avez tous étudié le vol d'aujourd'hui et ce qui est attendu de vous. Volez intelligemment, proprement et en toute sécurité. Personne ne cherche un héros là-haut.

Le commandant Levy jeta un coup d'œil autour de la pièce, son regard se fixant ensuite sur Solo.

— Il n'y a pas de médaille pour être le plus casse-cou dans le ciel aujourd'hui, compris ? Parce que cette médaille est déjà prise : par moi. Donc, allez vous équiper et retrouvez-moi au hangar. Panther ? Vous serez le premier, vu que vous êtes arrivé en dernier. Ne me faites pas attendre une deuxième fois aujourd'hui.

Lorsque le commandant fut sorti de la salle, le reste des recrues se tournèrent vers moi, incapables de retenir les commentaires pourris qui étaient indissociables de ce travail.

— Je ne voudrais pas être à ta place aujourd'hui, commenta Whiplash en passant devant moi en direction des vestiaires pour femmes. J'espère que Solo avait raison et qu'elle en valait la peine. Parce que Levy t'a dans le collimateur.

Un ricanement résonna derrière moi tandis que je pénétrais dans les vestiaires.

— Ouais. J'espère qu'*elle* en valait la peine, railla Solo.

Je n'eus pas la chance de répondre parce que la pièce était pleine et que ce que je voulais dire n'était pas quelque chose qui avait besoin d'être entendu. Au lieu de quoi, j'enfilai rapidement ma combinaison de vol avant de me diriger vers la plate-forme pour m'équiper, impatient et prêt à retourner dans le cockpit et prouver ce que je valais.

Alors que je passais devant la zone d'observation sur le chemin du hangar, Solo se glissa à côté de moi, sa voix suffisamment basse pour que je sois le seul à l'entendre.

— Alors ? J'en valais la peine ?

Un ricanement m'échappa tandis que je secouais la tête.

— Non ? Eh bien, merde. C'est une première.

— Je n'ai pas dit non.

— Tu n'as pas dit oui.

Je m'arrêtai et lui fis face, admirant au passage ses lèvres pulpeuses.

— Je suis à peu près sûr que jouir sur toi ce matin voulait dire « oui ».

La bouche de Solo s'ouvrit. Au moment où je reculai, je lui fis un clin d'œil et me dirigeai ensuite vers le hangar pour un autre tour dans le ciel.

Chapitre 39

Solo

Quel putain d'enfoiré ! pensai-je en regardant Panther s'éloigner de moi pour la deuxième fois ce matin-là. C'était une vision parfaite pour accompagner les mots qui venaient juste de sortir de sa bouche. Je me surpris à sourire alors qu'il disparaissait de mon champ de vision et me traînai ensuite vers la zone d'observation. Les murs vitrés à 360 degrés et le plafond de verre nous donnaient une vue complète de ce qui se passait dans le ciel, avec le confort de l'air conditionné au lieu de rester sous le soleil brûlant de Californie pendant des heures.

Je choisis une chaise qui faisait face à la piste. Au loin, je pouvais voir Panther faire les vérifications sur son avion. Quelque chose me disait qu'il n'allait pas jouer au gentil avec le commandant Levy aujourd'hui. J'avais hâte de le voir battre notre instructeur comme je savais qu'il était capable de le faire.

— On fait des paris aujourd'hui, messieurs-dames, lança Gucci en prenant place à côté de moi. Vingt sur Levy ?

— Je suis sûre que vous avez dit ça pour rire, lieutenant, vu que les jeux d'argent sont non seulement illégaux sur la base, mais également un motif de renvoi, intervint le commandant Heinz depuis l'endroit où elle se tenait vers la porte, les bras croisés.

— Oh, euh, commandant Heinz. Je ne vous avais pas vue.

Gucci me lança un regard qui signifiait «*meeeerde*» et colla ensuite un sourire sur sa figure.

— Bien sûr que c'était une blague. Je n'ai pas de poche assez grande pour ma grosse liasse de billets.

— Attention, lieutenant, le prévint-elle en plissant les yeux.

Elle bascula ensuite l'interrupteur qui nous permettrait d'entendre les conversations dans les airs. C'était plus pratique quand des équipes étaient constituées, mais également une mesure de sécurité en cas de problème. Il y avait aussi des télévisions installées dans les coins, chacune montrant la caméra orientée sur chaque pilote.

Je me penchai vers Gucci.

— Je parie sur Panther et je relance de vingt dollars.

Il me sourit.

— Tope-là!

Panther était déjà en train d'orienter son avion en direction de la piste. J'imaginais la nervosité et l'adrénaline se mélangeant alors qu'il se préparait au décollage. Quelques secondes plus tard, il commença à bouger, de plus en plus vite tandis qu'il dévalait la piste et décollait. Le commandant Levy était déjà là-haut dans les nuages. Le soleil était vif derrière eux et je dus mettre mes Aviator pour éviter d'avoir à plisser les yeux.

Comme je le pensais, Panther n'était pas là pour déconner. Quand il atteignit son altitude de vol et repéra Levy, il attaqua instantanément. J'attendis d'entendre un juron quitter la bouche du commandant, mais il resta muet et très concentré. Panther n'était pas du genre à bavarder inutilement non plus. Quelque part, le silence entre eux exacerba les choses encore plus tandis qu'ils engageaient en se faufilant entre les nuages.

— Merde! jura Gucci avant de siffler. Panther est venu jouer.

Bon sang, oui ! pensai-je lorsqu'il se mit à la verticale et fonça en piqué pour se placer directement derrière Levy. C'était un beau coup et des hoquets de surprise retentirent dans toute la pièce.

— Oh mon Dieu, il l'a, souffla Whiplash.

Mais à peine les mots avaient-ils quitté sa bouche que Levy tira vivement sur la droite et fonça, se dégageant de la ligne de tir de Panther avant que celui-ci ait pu le verrouiller.

La bataille continua, aucun des camps ne cédant d'un pouce, aucun d'eux ne disant quoi que ce soit, ce qui me frustrait au plus haut point. Si c'était moi, j'aurais fait des commentaires détaillés, pour expliquer à tout le monde comment je dominais exactement mon adversaire.

Mais non. Pas Panther. Ce même type fort et silencieux qui m'exaspérait et m'excitait en même temps. Et même sans qu'il prononce un mot, son pilotage était foutrement excitant.

— Le voilà reparti, cria Houdini. Je pense que cette fois c'est bon.

Personne ne respira lorsque Panther fonça sur Levy, apparemment sorti de nulle part. Juste au moment où je pensais qu'il était prêt à renoncer, des mots que je n'aurais jamais imaginé entendre dans sa bouche résonnèrent à travers la pièce.

— Air dans le cockpit, énonça-t-il, son ton tranchant, toujours en contrôle, mais avec un soupçon de panique. Prêt à éjecter.

Putain de merde… quoi ? Je me levai d'un bond, mon cœur s'arrêtant presque alors que je me précipitais sur le mur de verre. Puis, la voix de Panther s'échappa de nouveau du haut-parleur.

— Altitude en chute. Commandes perdues.

Putain ! Putain. Ça ne pouvait pas arriver. Ça devait être une erreur. Cependant, tandis que je regardais à travers les fenêtres comme tout le monde, nous constatâmes avec horreur que l'avion de Panther commençait à foncer en direction du sol.

Le silence dans la pièce n'était plus chargé de tension et d'excitation, mais d'horreur et d'effroi tandis que le Hornet chutait de dix mille pieds en quelques secondes.

C'était comme d'assister à notre pire cauchemar, mais si nous regardions ailleurs ou clignions des yeux, nous pourrions le perdre de vue. Il chutait si vite. Alors que je me tenais là, incapable de faire autre chose que prier que Panther ait le temps de se mettre en position, mon estomac se tordit jusqu'à ce que j'aie envie de vomir.

— Allez, Panther, souffla Houdini.

Son meilleur ami exprima mes propres pensées pendant que nous attendions tous ce moment que nous savions venir. Celui pour lequel nous nous étions tous entraînés intensivement en espérant ne jamais avoir à l'utiliser. Parce qu'aucun pilote ne voulait se retrouver dans une position où il aurait à s'éjecter de son avion. C'était littéralement le dernier recours que vous pouviez prendre pour sauver votre vie. Mais quand les options étaient soit plonger dans le Pacifique, soit se faire sauter du cockpit et prier que vos membres soient intacts et que vous surviviez, il n'y avait pas vraiment le choix.

Moins d'une seconde plus tard, l'explosion des missiles sous le siège de Panther éclaira le ciel tandis qu'il était catapulté dans les airs comme s'il n'était rien. Le monde fut plongé dans le silence le temps d'un battement de cœur, puis deux. Les sirènes d'alarme retentirent dans la base, relançant mon cœur de nouveau.

Le chaos éclata et quelqu'un cria, mais tout ce que je pouvais faire, c'était regarder l'avion qui chutait dans une spirale mortelle jusque dans l'eau en dessous. Je cherchai frénétiquement le parachute de Panther dans le ciel, un signe de lui, mais je ne distinguai rien du tout…

Il était parti.

Imprimé en France
FRHW011552211021
28798FR00005B/59

9 791038 118959